DEON MEYER
DIE AMERIKANERIN

rütten & loening

DEON MEYER

DIE AMERIKANERIN

THRILLER

Aus dem Afrikaans
von Stefanie Schäfer

rütten & loening

MIX
Papier aus verantwortungsvollen Quellen
FSC® C083411

Das Buch erschien zuerst in den Niederlanden
unter dem Titel *The Woman In The Blue Cape*
bei A W Bruna, Amsterdam.

Titel der Originalausgabe auf Afrikaans
De vrouw in de blauwe mantel

ISBN 978-3-352-00914-3

Rütten & Loening ist eine Marke der
Aufbau Verlag GmbH & Co. KG

1. Auflage 2018
© Aufbau Verlag GmbH & Co. KG, Berlin 2018
Copyright © 2017 by Deon Meyer
Einbandgestaltung www.buerosued.de, München
Gesetzt aus der Whitman durch Greiner & Reichel, Köln
Druck und Binden CPI books GmbH, Leck, Germany
Printed in Germany

www.aufbau-verlag.de

EINS

12. Oktober

Er war hungrig, durstig, verängstigt und todmüde. Allein das Adrenalin ließ ihn noch einen Fuß vor den anderen setzen. Immer weiter lief er durch die nächtliche Dunkelheit, bis sich der Himmel verfärbte, die Welt wieder Gestalt annahm und neue Zuversicht in ihm aufflackerte. Um kurz vor acht, als die Sonne dort, wo in der Ferne Rotterdam lag, aufgehen wollte, öffnete sich vor ihm der Schiedamer Markt im weichen, goldenen Morgenlicht. Die dichte Menschenmenge, das geschäftige Gedränge und das Durcheinander – sein Herz flatterte vor Hoffnung: Hier hatte er vielleicht eine Chance zu entkommen. Unterzutauchen.

Er sah sich nicht um. Er wusste, dass sie hinter ihm waren. Er ging weiter geradeaus und ließ sich vom Gewimmel verschlucken. Händler priesen lauthals ihre Ware an, Leute plauderten, lachten, stritten und schrien, ein Baby weinte untröstlich. Hühner gackerten empört, Pferde wieherten, und von irgendwoher ertönte das tiefe Muhen einer Kuh. Die Gerüche von Fisch und Schalentieren, Krabben, Garnelen und Hummer, von versengten Entenfedern, Mist, nasser Erde, Schweinefleisch am Spieß und Wurst im Räucherofen und – für einen Augenblick, in dem ihm vor Hunger die Knie weich wurden – der satte Duft von frischem Brot, als ein Junge mit einem großen Korb voll mit runden Laiben direkt an ihm vorbeiging.

Er sah den dunkelblauen Mantel hinten über dem Wagen hängen, wusste instinktiv, dass niemand darauf achtete, griff schnell und mit einer sparsamen Bewegung zu, ein geschickter Dieb. Und erfahren. Er faltete den Mantel zusammen und hielt ihn von vorn eng gegen den Körper gepresst. Neben einem Käsestand, hinter den Holzkisten, sank er auf die Knie, nahm seinen Hut ab und legte ihn auf den Boden neben sich. Auch die stinkende, verschlissene braune Jacke streifte er ab und ließ sie liegen.

Am östlichen Himmel ging die Sonne auf. Er zog den gestohlenen Mantel an, stand auf – wobei seine Beine kurz nachgaben –, stolperte, lief gebückt los und richtete sich erst später auf.

Er änderte seine Richtung und bog in die Straße nach Delft ab.

Noch immer blickte er sich nicht um; er hatte zu große Angst, sie zu sehen, die vier. Die vier, die ihn jagten und hetzten.

ZWEI

Sie lag ausgestreckt neben der großen Aussichtsplattform ganz oben auf dem Sir Lowry's Pass, den Kopf nach Norden, die Füße nach Süden ausgerichtet. Sie war vollkommen nackt, ihr Körper wachsbleich. Das Licht des Vollmondes verlieh ihrer Haut einen unnatürlichen Schimmer, wie einer Heiligen.

Ihre Augen waren geschlossen, die rechte Hand lag entspannt auf dem Bauch, ihre Beine waren an den Fußknöcheln gekreuzt. Die funkelnden Stadtlichter weit unterhalb, von Gordonsbaai, Die Strand, Somerset-West und sogar Khayelitsha, bildeten eine bezaubernde Kulisse. Auf den ersten, eiligen Blick hätte man glauben können, sie ruhe sich aus, posiere für ein Foto oder stehe Modell für ein Gemälde. Hätte man an diesem frühen Morgen jedoch näher hingesehen, wären die Unstimmigkeiten der Szene ins Auge gefallen: Die Frau war nackt, obwohl die Nächte jetzt im Mai kalt waren. Ihr linker Arm hing in einem seltsamen Winkel an der kleinen Mauer herunter; die Knöchel berührten gerade so den Saum von grünem Gras. Merkwürdige, unregelmäßige Flecken zeichneten sich in ihren kurzen, hellen Haaren und ihrem Schamhaar ab. Dazu das konstante Rauschen des Verkehrs auf der belebten N2 und das regelmäßige Aufblitzen gelblicher Scheinwerfer auf den nahen Felsen – an, aus, an, aus; es konnte nicht sein, dass sie in dieser Position und an diesem Ort ruhte oder Rast machte. Hier stimmte etwas ganz und gar nicht.

Derjenige, der ihre Leiche auf der kleinen Steinmauer drapiert hatte, konnte ironischerweise von dort aus die Mörderkuppe sehen – einen der rauen, hohen Gipfel der Hottentots Hollandberge, die über Somerset-West aufragen.

...

Nur fünfzehn Kilometer weiter östlich trabte das Leopardenweibchen den schmalen Pfad entlang. Sie brauchte das Licht des Vollmonds nicht. Sie wollte nach Norden, zurück in ihr bekanntes Jagdgebiet, die hohen Felsen und Klüfte der rauen Berge, ihr Territorium, das ihr Sicherheit bot.

Sie war zwei Tage lang hier gewesen, in allzu großer Nähe von Menschen, Fahrzeugen, Geräuschen und Gerüchen, die sie nervös und schlaflos machten, auf der Suche nach Wasser und Beute nach der Trockenheit des langen, glühend heißen Sommers.

Dies war der Weg, auf dem sie gekommen war. Wagenspuren schlängelten sich den Hang hinunter; darüber wollte sie zurückkehren, dann über die Asphaltstraße und am großen See vorbei – sie konnte das Wasser schon riechen – und dann wieder hinein in die Berge.

Ein Brummen ließ sie innehalten, leise, dann immer lauter. Sie kannte es, das Geräusch von Fahrzeugen. Sie sah die hellen Scheinwerfer, sie sah und hörte, wie zwei von ihnen hier genau unter ihr, vor ihr, zum Stillstand kamen. Stimmen. Das Knarren eines Tores.

Sie kehrte um und verschmolz mit den Schatten der *Fynbos*-Vegetation.

Sie würde heute Nacht nicht nach Hause zurückkehren können.

...

Zwei Stunden vor Sonnenaufgang, um 05:35 Uhr, bog ein Minniebustaxi von Umtata nach Kapstadt auf die Aussichtsplattform ein, da der Fahrer dringend pinkeln musste. Er blieb stehen und stieg hastig aus. Die Leiche auf dem Mäuerchen sah er nicht.

Dreizehn Passagiere saßen im Bus, alles Xhosa-Frauen – Näherinnen und Spülerinnen, Haushaltshilfen und Putzfrauen. Eine von ihnen in der zweiten Sitzreihe entdeckte die unnatürliche Gestalt auf der niedrigen Mauer und stieß einen entsetzten Schrei aus. Die anderen erwachten, folgten ihrem ausgestreckten Zeigefinger, öffneten die Fenster und riefen den Fahrer. Er sah die Leiche nun auch, erschrak, pinkelte sich auf die Schuhe und fluchte. Hastig zog er den Reißverschluss seiner Hose zu, öffnete die Tür des Minibusses, stieg ein und ließ den Motor an.

Nein, sagte eine der Frauen, rufen Sie die Polizei.

Der Fahrer sträubte sich. Er dachte daran, dass das eine stundenlange Verspätung bedeuten würde. Sein Arbeitgeber würde sauer sein. Und mit dieser offensichtlich leblosen weißen Frau hatte er schließlich nichts zu tun.

Er schüttelte den Kopf und legte den ersten Gang ein.

Der Chor hinter ihm ertönte laut, empört und unisono: Wir fahren nicht, bevor Sie nicht die Polizei gerufen haben.

Er seufzte, schaltete den Motor ab, griff nach seinem Handy und wählte den Notruf. Es klingelte sehr lange. In der Zwischenzeit stieg er wieder aus und näherte sich vorsichtig der Leiche. Er starrte sie an, bis er sich vergewissert hatte, dass die Frau tot war. Die Polizistin, die sich schließlich meldete, bat ihn, langsamer und auf Englisch zu reden. Er berichtete, was er sah, und beantwortete ellenlange Fragen über seinen Standort.

Endlich war das Gespräch beendet. Er eilte zurück zum Bus und wollte wieder losfahren, doch erneut empörten sich die dreizehn Xhosa-Frauen. »Wir können sie doch nicht so allein hier liegen lassen!«

...

Der Aussichtspunkt auf dem Sir Lowry's Pass war beinahe gleich weit von Grabouw wie von Gordonsbaai entfernt, deswegen entstand anfangs Uneinigkeit über den Zuständigkeitsbereich.

Dem ersten Polizeifahrzeug bot sich ein merkwürdiger Anblick, einzigartig für diesen südlichen Punkt Afrikas: Dreizehn Frauen standen in der ausklingenden Dunkelheit vor Tagesanbruch im Halbkreis um die Leiche und sangen Kirchenlieder, während der Taxifahrer daneben saß und zuschaute.

...

Weitere Streifenwagen mit neugierigen Sergeants und Constabels der SAPS-Dienststellen von Grabouw und Gordonsbaai trafen ein und dann auch noch einer aus Somerset-West. Gegen Sonnenaufgang herrschte bereits ein solches Gedränge, dass rings um den Fundort alle Spuren zertrampelt wurden und ein Stau auf der N2 entstand, da Autofahrer wie Schafe reagieren, wenn mehrere Polizeifahrzeuge am Straßenrand stehen.

Dies alles führte dazu, dass die Kripo aus Somerset-West erst nach acht Uhr erschien und der Rechtsmediziner, die Videoeinheit und die Spurensicherung noch eine weitere Stunde später eintrafen.

Um kurz vor zehn Uhr vormittags verkündete der Rechtsmediziner, dass die Todesursache höchstwahrscheinlich ein Schlag mit einem stumpfen Gegenstand auf den Hinterkopf war. Doch ermordet worden war die Frau woanders. Außerdem schien es, als sei die Leiche mit reichlich Bleichmittel gewaschen worden. Normalem Haushaltsbleichmittel. Er könne es deutlich riechen, und die weißen Flecken im Kopf- und Schamhaar bestätigten dies.

Nirgendwo fand man Spuren ihrer Kleidung oder anderer persönlicher Gegenstände.

Der Krankenwagen transportierte sie unidentifiziert und namenlos ins staatliche Leichenhaus von Soutrivier.

Am Dienstag, dem 16. Mai.

DREI

Am Mittwoch, dem 17. Mai, kurz nach dem Morgenmeeting der Einheit für Schwer- und Gewaltverbrechen, der Valke – amtlich bekannt als das Direktorat für Schwerverbrechen –, durchquerte Kaptein Bennie Griessel den langen Korridor zum Büro seines Kollegen Vaughn Cupido.

Er hatte wichtige Neuigkeiten. Und er musste ihn um einen Gefallen bitten. Aber es würde nicht einfach werden; er kannte Vaughn. Sie arbeiteten seit knapp einem Jahrzehnt zusammen, Tag für Tag.

Er klopfte an den Türrahmen und trat ein. Cupido musterte ihn und bemerkte: »Bald kann man dir das Vaterunser durch die Rippen pusten.« Denn Griessel hatte acht Kilo abgenommen, seitdem er – wieder – aufgehört hatte zu trinken und regelmäßig Rennrad fuhr.

Griessel reagierte nicht. Er zog sich einen Stuhl heran und setzte sich.

»Alle nehmen ab, nur ich werde dick«, klagte Cupido. Das stimmte nicht ganz. Nur Griessel und Majorin Mbali Kaleni, ihre Vorgesetzte, hatten an Gewicht verloren. Aber Cupido fühlte sich unbehaglich, denn Desiree Coetzee, die neue Frau in seinem Leben, kochte gut, und Vaughn aß oft bei ihr, teils um sein Revier zu markieren, teils weil er ihre Kochkunst ehrlich schätzte.

»Ich will Alexa einen Heiratsantrag machen.«

»Jissis!«

Griessel hatte mit dieser Reaktion gerechnet. Er störte sich nicht daran. »Ich muss einen Ring kaufen, Vaughn, und brauche dabei deinen Rat.«

»Noch mal langsam zum Mitschreiben«, erwiderte Cupido. »Du hast dir schon mit deiner ersten Ehe die Finger verbrannt.«

Griessel nickte.

»Und du bist Alkoholiker.«

»Hundertsiebenundvierzig Tage trocken.«

»Und Alexa ist ebenfalls ein Alki.«

»Siebenhundertdreiundsechzig Tage trocken.«

»Sie ist eine reiche Frau, du nur ein Polizei-Captain, den die Filmschule seines Sohnes praktisch in den Ruin getrieben hat.«

Wieder nickte Griessel.

»Sie ist eine ehemals berühmte Sängerin, du bist ein verkrachter Hobbymusiker, der am Wochenende Bass in einer Opa-Coverband spielt.«

»Opa? Moment! Wir sind Männer im besten Alter!«

»Und trotzdem willst du um ihre Hand anhalten, und wahrscheinlich wirst du mir gegenüber behaupten, du machst es deswegen, weil ihr euch liebt.«

»Stimmt.«

»Hast du dir das auch wirklich gut überlegt?«

»Habe ich.«

Cupido sah ihn an. Ein Schauer durchlief ihn, und er schüttelte kaum merklich den Kopf. Dann stand er auf. »Cool. Lass uns gehen. Wo kaufen wir den Ring? Bei Sterns? Oder American Swiss?«

»Bei Mohammed Faizal.«

»Verstehe. Du willst also bei deinem Heiratsantrag auf Nummer sicher gehen, indem du Hehlerware kaufst.« Dann, im Hinausgehen, fragte er: »Love Lips? Gibt's den noch?«

»Ja, er hat jetzt eine Pfandleihe in Goodwood.«

»Saß er nicht vorher in Maitland?«

...

Cupido schwieg, während sie auf dem Voortrekkerweg durch Bellville und dann Parow fuhren, wo Griessel aufgewachsen war. Bennie blickte hinaus auf die endlose Reihe von Gebrauchtwagenhändlern, die wie Neophyten um Platz kämpften, und er dachte: Nichts hat sich verändert in den letzten zwanzig Jahren. Und doch: Parow sah besser aus als noch vor einem Jahrzehnt, sauberer, ordentlicher, wirtschaftlich aktiver und lebendig.

Merkwürdig, dass man glaubte, ein Ort ginge unter, wenn man nicht mehr da war, um darüber zu wachen.

»Wie ist das eigentlich, Benna?«, fragte Cupido plötzlich.

»Was?«

»Das Eheleben.« Er schlug seinen philosophischen Ton an, der bedeutete, dass er es ernst meinte. Griessel durfte jetzt keine Witze machen.

»Ehrlich gesagt bin ich da kein Experte, Vaughn. Ich war doch erst einmal verheiratet und davon nur die ersten sieben Jahre nüchtern.«

»Aber wie war es denn so? In den nüchternen Jahren?«

Griessel dachte nach und sagte dann: »Es war schön. Es war ... Mein Gott, Vaughn, ich habe geheiratet, da war ich vierundzwanzig, und in diesem

Alter ist alles schön, man sieht das Unheil noch nicht kommen ...«

»Das macht mir echt Angst«, unkte Cupido. »Jedes Mal, wenn Desiree irgendetwas sagt, was man als eine Anspielung auf eine langfristige Beziehung oder sogar aufs Heiraten verstehen könnte, kriege ich einen Knoten im Bauch. Jissis, Benna, ich bin jetzt schon so lange Single, was soll ich nur machen? Und dann der Kleine. Wie soll man der Vater für das Kind eines anderen sein? Denn so was sucht er, das spüre ich, er sucht einen Vater oder zumindest eine Vaterfigur.«

Es herrschte nachdenkliche Stille. Bis Cupido sagte: »Ich weiß, dass es mich nichts angeht, aber warum jetzt? Wenn die Beziehung nicht kaputt ist, warum willst du sie jetzt mit einer Ehe kitten?«

»Weil es Alexa glücklich machen wird.«
»Und dich?«
»Wenn sie glücklich ist, bin ich es auch.«
»Das ist also Liebe?«

Griessel zuckte nur mit den Schultern.

...

Mohammed »Love Lips« Faizals neues Pfandleihhaus befand sich an der Ecke zwischen der Alice- und der Voortrekkerstraat in Goodwood. In großen schwarzen Lettern auf hellgelbem Grund stand »Cashcade«.

Sie parkten gegenüber und stiegen aus.

»Der ist zu clever für seinen eigenen Laden«, bemerkte Cupido, als sie die Voortrekker überquerten. »Kein normaler Pfandleihkunde wird auch nur die geringste Ahnung haben, dass das ein Wortspiel sein soll.«

Auf dem Bürgersteig waren gebrauchte Stühle ausgestellt, und gleich hinter der Tür stand eine dichte Reihe Fahrräder. Im Geschäft selbst herrschte Halbdunkel, da sich Möbel übereinander bis zum Dach türmten und jeder verfügbare Winkel mit Hausrat, Küchenutensilien, Zubehör und Werkzeug vollgestopft war.

Faizal und sein Gehilfe waren ganz hinten im Geschäft mit dem Versuch beschäftigt, einen Tisch unter einem Möbelstapel hervorzuzerren. Er erkannte Griessel wieder, sagte: »Wie geht's, Bennie«, und verzog die dicken Lippen zu einem Lächeln. »Bin gleich da«, fuhr er mit einem Wink zum Tresen an der westlichen Wand fort.

»Okay«, sagte Griessel und ging mit Cupido zum Tresen.

Vaughn blieb vor einer Reihe alter 8-mm-Filmprojektoren und Kameras stehen. »Unglaublich, wie sich alles verändert«, seufzte er. »Mein Dadda hatte so einen. Und heutzutage kann man mit jedem x-beliebigen Handy bessere Filme drehen. Von der Spitzentechnik zur Antiquität in einer halben Generation ...«

Dann blickten sich beide um, als die Eingangstür verdunkelt wurde. Ein junger Mann stand davor; er trug einen großen, flachen, viereckigen Gegenstand, sah erstaunt die beiden Ermittler an, suchte mit dem Blick nach Faizal und sah dann wieder sie an. Er wirkte nervös, und dann traf ihn die Erkenntnis: Da standen zwei Polizisten.

Griessel und Cupido kannten diese verängstigte Reaktion schon, seitdem sie Constables im Streifendienst gewesen waren – die Körpersprache eines in flagranti Ertappten. Es folgte ein Moment, in dem sich keiner bewegte. Jäger und Beute standen einander gegenüber und schätzten sich ab, bevor die Jagd begann.

Cupido reagierte als Erster. Er sagte: »Hi!«, und ging auf den Mann zu.

Dieser ließ den großen, flachen, viereckigen Gegenstand fallen, so dass er schief an der Tür lehnte, sprang zurück und rannte los.

»Hey!«, schrie Cupido laut und folgte ihm. Cupido in seinem anthrazitfarbenen Anzug (»Mit nur einem Hauch weißer Nadelstreifen, Retroklassik, Pappi. Ein echtes Schnäppchen, ich habe einen Kumpel, der bei Rex Truform arbeitet ...«), Cupido in seiner postrebellischen Phase. Nachdem er noch vor ein paar Monaten durch übertrieben lässige Klamotten gegen Majorin Mbali Kalenis Kleiderordnung protestiert hatte, war er jetzt wieder ganz der alte Playboy.

Griessel rannte zur Tür und sah den jungen Mann entgegen dem Verkehr die Voortrekker entlangsprinten in Richtung Stadt. Vaughn Cupido versuchte wacker, ihn mit seinen paar zusätzlichen Kilos, seinem schicken Anzug und den spitzen Schuhen einzuholen, aber der Verdächtige war jung und schnell. Bennie wusste, dass er ein noch langsamerer Läufer war als sein Kollege. Er beobachtete, wie Cupido auf den Mittelstreifen springen musste, um nicht angefahren zu werden.

Griessel dachte nicht nach. Er zerrte ein Silverback-Mountainbike aus dem Knäuel an der Tür, sprang darauf und trat in die Pedale.

Er raste über die Kreuzung an der Alicestraat. Ein VW Golf mit Breitreifen hupte laut. Griessel schwenkte auf den linken Fahrstreifen. Die Gänge des Fahrrads ließen sich glatt und mühelos wechseln. Seine offene Jacke (braun, längst unmodern, zehn Jahre alt) flatterte im Wind. Er holte erst Cupido ein und passierte ihn an der Gouldborn-Kreuzung. Vaughn keuchte laut, und Griessel rief ihm zu: »Ich kriege ihn!«, und gab noch mehr Gas. Er spürte, wie leicht sich das Rad fuhr, er spürte, wie gut in Form er war. Gott sei Dank war diese Sache nicht vor sechs Monaten passiert. Er sah, wie der Flüchtige unten an der Fitzroystraat nach links verschwand. Er sah den Leeukop in der Ferne, perfekt eingerahmt von den Gebäuden links und rechts von der Voortrekker. Achtzehn Jahre lang hatte er in Parow gewohnt und konnte sich nicht daran erinnern, den Leeukop so malerisch von dieser Seite aus gesehen zu haben. Seltsame Gedanken huschten ihm durch den Kopf. Zuletzt war er als Schuljunge mit einem Fahrrad die Voortrekker entlanggesaust. Er erkannte, wie weit Gestern und Heute voneinander entfernt waren, und erschrak für einen Augenblick. Wie schnell das alles geschehen war. Und er dachte, dass der große, flache, viereckige Gegenstand, den dieser junge Mann zum Pfandleihhaus gebracht hatte, wenigstens noch dort war, so dass sie zumindest erfahren würden, was er gestohlen hatte.

Und: Es schien, als hätte ein mutmaßlicher Krimineller gestohlene Ware zu Mohammed Faizal gebracht. Sie würden ihm auf den Zahn fühlen müssen.

Und: Vor fünfundzwanzig Jahren hätte ich den Kerl garantiert eingeholt, denn ich war schnell, damals.

Und: Jissis, ist das ein tolles Fahrrad, viel besser als mein olles schwarz-weißes Giant, das ist jetzt auch inzwischen schon fünf Jahre alt. Und: Mist, das bedeutet, dass ich schon seit sechs Jahren geschieden bin. Wo ist die Zeit geblieben?

Er schaltete noch einen Gang hoch, fuhr wie der Wind, bremste, als es die Fitzroy hinunterging, und erkannte, dass der Verdächtige in Richtung Bahnhof lief. Er nahm die Kurve an der Ecke bei Pop Up Tyres; er holte jetzt schnell auf. Schnell genug? Der Bahnhof von Goodwood lag gleich da vorn.

Er steigerte das Tempo. In einem der kleinen Vorgärten stand eine alte Dame mit Gartenschlauch und stieß vor Schreck einen lauten Schrei aus, als er vorbeiraste.

Der Flüchtige durchquerte jetzt die Stasiestraat und bog am Ende wieder links ab in Richtung Bahnhof, der nur noch vierzig Meter entfernt lag.

Griessel schaffte die Kurve, seine Augen tränten im Wind, er sah das graue Bahnhofsgebäude mit rotem Dach, frisch gestrichen und adrett, Fußgänger, die sich erst nach dem flüchtenden jungen Mann umblickten und dann nach ihm. Der Verdächtige rannte zum Eingang des Bahnhofs. Griessel hatte ihn fast erreicht. Er musste scharf bremsen, das Hinterrad blockierte laut quietschend, er warf das Fahrrad hin und folgte dem Mann die Treppen hinauf bis auf den Bahnsteig. Er sah, wie der Flüchtige vor der Lok der wartenden S-Bahn vorbeirannte; dann fuhr der Zug an, und Griessel musste warten. Schnaufend stand er inmitten der aussteigenden Passagiere und musste tatenlos durch die Zugfenster mit ansehen, wie der Verdächtige auf der anderen Seite über einen hohen Zaun sprang. Anschließend joggte der junge Mann an den Gebäuden des Grant West Casinos vorbei, blieb einen Augenblick stehen, blickte zurück und – Griessel war sich ganz sicher – winkte ihm höflich und mitleidig zu.

VIER

Griessel schob das Fahrrad in den Laden und erwartete, dass ihn Cupido sofort fragen würde, was passiert sei, doch er und Love Lips bemerkten seine Rückkehr nicht einmal. Sie waren in einen heftigen Streit verwickelt.

»Verrat mir doch mal, wie ich das machen soll!«, sagte Love Lips mit einem Unterton der Verzweiflung. Er war hochgewachsen und beängstigend dünn, hatte jedoch anormal große Hände, mit denen er nun herumfuchtelte, und fleischige Lippen, denen er seinen Spitznamen verdankte.

»Aber wieso rennen die dir die Bude ein?«, fragte Cupido vorwurfsvoll.

»Wie soll ich sie denn davon abhalten? Weißt du, was da draußen auf der Fassade steht?«

»Leute von Cape Town, bringt mir euer Diebesgut ...«

»Sehr witzig. Also, was steht da auf der Wand?«

»Mir doch egal.«

»Da steht: ›Cashcade‹. Das bedeutet, eine Kaskade von Cash. Deswegen schleppen die das Zeug hier an. Weil sie Geld dafür haben wollen.«

»Glaubst du, ich weiß nicht, was Cashcade bedeutet? Aber für den durchschnittlichen Pfandleihkunden ist das doch viel zu hoch.«

Endlich bemerkte Love Lips Griessel. »Bennie! Sag diesem Mann, dass meine Bücher sauber sind. Sag ihm, dass du, ein Captain, verdammt, deshalb einer meiner treuesten Kunden bist. Sag ihm ...«

»Was willst du für das Silverback haben?«, fragte Griessel und deutete auf das Mountainbike.

Faizal sah Cupido an. »Siehst du? Siehst du? Captain bei den Hawks, und er macht mir nicht die Hölle heiß wegen angeblichen Diebesguts, nein, er fragt, was ich für das Bike haben will. Bennie, das ist ein Silverback Sesta, das ist einsame Spitze, Scheibenbremsen, Stoßdämpfer vorne und hinten, für dich als treuen Kunden – zwölftausend.«

»*Bliksem!*«, fluchte Griessel.

»Verhandlungsbasis«, beruhigte ihn Love Lips. »Immer auf Verhandlungsbasis.«

»Wo sind die Papiere für das Fahrrad?«, fragte Cupido nach.

»In meinem Büro.«

»Mohammed ist sauber, Vaughn«, schwor Griessel.

Cupido stieß einen misstrauischen Laut aus. »Was ist in dem Paket, das der Flüchtige hier zurückgelassen hat?«

...

Faizal zog das braune Packpapier von dem viereckigen flachen Gegenstand, den der verdächtige junge Mann vor der Tür hatte stehen lassen.

Es war ein Gemälde, etwa hundertfünfzig mal hundertsechzig Zentimeter groß.

»*Holy moly!*«, stieß Faizal hervor.

»Gar nicht so übel«, meinte Cupido.

»Ich meine nicht die Qualität, sondern das Motiv«, entgegnete Love Lips, knüllte die großen Fetzen Packpapier zusammen und warf sie in eine Ecke. Griessel hob das Gemälde hoch und drehte es richtig herum. Dann traten sie zurück und betrachteten es. Es war eine Aktstudie in leuchtenden Acrylfarben. Eine Frau lag bäuchlings auf einem Bett, die erhobenen Füße – in Highheels – dem Betrachter zugekehrt. Der Kopf mit dem langen, welligen schwarzen Haar lag im Hintergrund, das Gesicht war ein wenig verschwommen und abgewandt. Die

Darstellung wirkte selbst in ihren ahnungslosen Augen leicht zweideutig und amateurhaft: Maßstab und Perspektive waren ein wenig schief, aber nicht so, dass man den Fehler sofort erkannt hätte.

»Das ist für dich inakzeptabel?«, fragte Cupido. »Das da? Der Hintern einer weißen Frau?«

»Nein, an dem Hintern ist nichts auszusetzen«, erwiderte Faizal geduldig. »Es ist das Blau.«

Die Decke, auf der sich die Frau räkelte, war von einem tiefen Blau. Der Stoff war über das Bett und das Fußende drapiert, schlug zierliche Falten, um ihre Brüste zu kaschieren, und dominierte die Farbgebung des Bildes.

»Was stört dich denn an dem Blau?«, fragte Griessel.

Faizal seufzte. »Ich zeig euch mal was«, sagte er und ging weiter in den Laden hinein. Laut rief er nach hinten: »Harry, schalte uns mal das Licht ein!«, und blieb zwischen einem Stapel alter Büroschreibtische und einem Haufen Schaumstoffmatratzen stehen, wo zwanzig Gemälde oder mehr aufrecht auf ihren Längsseiten standen, alle mehr oder weniger quadratisch, die meisten recht großformatig, ein paar kleiner.

Die Neonröhren unter dem Dach flackerten und leuchteten auf.

»Warum ist es bei dir immer so schummrig?«, fragte Cupido.

»Trödel unter Festbeleuchtung? Du hast wohl keine Ahnung vom Geschäftemachen, *my broe'*«, erwiderte Faizal nicht besonders brüderlich.

Er wartete auf Cupidos Reaktion, aber dieser sagte nichts. Daraufhin drehte sich Love Lips wieder zu den Bildern um. »Schaut euch nur mal die ersten zehn Stück oder so an«, sagte er und kippte die Gemälde langsam, eines nach dem anderen, als blättere er ein Buch um. Auf jedem war eine Frau zu sehen: ältere Frauen, jüngere, schwarz, weiß, dünn und mollig, bekleidet, unbekleidet. Es gab nur zwei Merkmale, die alle Bilder gemeinsam hatten – eine weibliche Gestalt und kräftige Blautöne, die die Farbgebung dominierten. Man sah eine Xhosa-Frau mit einem zusammengeschnürten Bündel Feuerholz auf dem Kopf, deren Kleid und dazu passendes Kopftuch ein tiefes Marineblau aufwiesen. Eine grauhaarige Frau posierte auf einem thronartigen Stuhl, der mit kobaltblauem Stoff bezogen war. Eine Farbige brach an einem Küchentisch Granatäpfel auf. Die Tischdecke war in einem Blau gehalten, das an Türkis grenzte. Ein weißes Teenagermädchen lehnte den Kopf gegen den Hals eines Pferdes. Ihre Reitjacke war marineblau.

»Es ist so«, erklärte Faizal. »In den letzten paar Monaten kommen hier ständig Leute an und reden auf mich ein: ›Lips, hier ist sie, die Frau in Blau!‹«

»Die Frau in Blau?«, fragte Cupido.

»Ja, genau so. Die Frau in Blau. Und jedes Mal frage ich: ›Was meinst du damit, die Frau in Blau?‹ Und dann behaupten sie, es gäbe Gerüchte, dass die Frau in Blau viel Geld wert wäre. Und jedes Mal antworte ich, dass ich nicht weiß, wovon sie reden. Und dann tun sie ganz entsetzt: ›Wie, hast du's noch nicht gehört? Jemand sucht nach einem klassischen Originalgemälde, keinem Druck, sondern einem Original, die Frau in Blau.‹ Als wäre das der Titel, okay?«

»›Die Frau in Blau‹«, wiederholte Cupido versonnen, während er nun selbst durch die Gemälde blätterte.

»Genau«, bestätigte Love Lips Faizal.

»Und was machst du dann?«

»Ich gebe ihnen Geld für ihre Ware. Absolut legal. Ausweis, Adressnachweis, der ganze Zauber. Alles in den Akten.«

»Wie viel zahlst du so für die Bilder?«

»Fünfzig Mäuse, so um den Dreh.«

»In echt jetzt?«

Faizal zuckte mit den Schultern. »Mehr sind die nicht wert.«

»Mohammed, die Verlobungsringe ...«, begann Bennie Griessel, denn er hatte Faizal schon im Voraus am Telefon Bescheid gesagt, wonach er suchte.

Faizal war dankbar für den Themenwechsel. »Klar, Bennie, gratuliere übrigens. Alexa ist eine tolle Frau.«

»Woher kennst du Alexa?«, fragte Vaughn Cupido.

»Ich lese Zeitschriften, *my broe'*.« Alexa Barnard war in den achtziger Jahren eine berühmte Sängerin gewesen, bevor ihr verstorbener Mann und der Alkohol ihre Karriere ruiniert hatten. In den letzten paar Jahren jedoch erschienen wieder vermehrt Berichte über sie und ihr behutsames Comeback sowie die Plattenfirma, die sie inzwischen erfolgreich betrieb. »Und Bennie hat mir von ihr erzählt, als er neulich seine Möbel verkauft hat, bevor sie zusammengezogen sind. Wir kennen uns schon lange, der Captain und ich.«

Cupido nickte nur.

Faizal deutete mit dem Daumen nach hinten. »Die Ringe sind im Büro, im Tresor. Kommt mit.« Und während sie hinübergingen, fuhr er fort: »Weißt du, was man über die drei Ringe in einer Beziehung sagt, Bennie?«

»Nein.«

»Der erste Ring ist der Verlobungsring. Dann kommt der zweite, das ist der Ehering. Und irgendwann kommt der dritte. Das ist das Leiden ...« Love Lips lachte.

»Das war taktlos«, bemerkte Vaughn Cupido missbilligend. »So was sagt man nicht zu einem Mann, der heiraten will.«

...

»Ich hoffe, es ist taktvoll genug, Bennie von den vier Cs zu erzählen«, sagte Faizal mit einer Spur Sarkasmus und einem Seitenblick auf Cupido. Sie saßen um den Schreibtisch in seinem Büro herum, einem Raum, der im Gegensatz zum Chaos im Laden eine überraschende Ordnung ausstrahlte. Billige Stahlregale an den Wänden enthielten hunderte Ordner, Love Lips' stolze Dokumentation seiner Geschäfte.

Auf dem Schreibtisch lagen vier mit Samt ausgeschlagene Juweliertabletts, auf denen säuberlich aufgereiht die Diamantringe funkelten.

Cupido reagierte nicht auf den Sarkasmus.

»Bennie«, sagte Faizal, »wenn du einen Diamantring aussuchst, musst du die vier Cs beachten.« Er hob seine zwei topfdeckelgroßen Hände und zählte an den Fingern ab: »*Cut, carat, colour* und *clarity*. Schliff, Karat, Farbe und Reinheit. Je besser die vier Cs sind, desto besser ist der Diamant. Und desto teurer. Es kann sein, dass ein Diamant viele Karate hat, so wie dieser hier, sehr beeindruckend, aber die Farbe und die Reinheit lassen etwas zu wünschen übrig, deswegen liegt er auf dem Tablett für die Ringe unter siebentausend. Auf diesem Tablett siehst du die Ringe zwischen sieben- und fünfzehntausend, dies hier sind die zwischen sechzehn und fünfundzwanzig, und hier liegen die für fünfundzwanzigtausend und mehr. Und ehrlich gesagt solltest du für eine Frau wie Alexa Barnard nicht ernsthaft nach etwas für unter fünfundzwanzigtausend Ausschau halten.«

»Autsch«, sagte Bennie Griessel.

...

»Zweiundzwanzigtausend Rand«, seufzte Griessel, als sie zurück zum Hauptquartier der Valke in der A. J. Weststraat in Bellville fuhren.

»Ich kann's dir nachfühlen, Bennie«, sagte Cupido. »Aber ich glaube immer noch, dass Alexa sich auch über einen kleineren Ring freuen würde. Oder einen nicht ganz reinen Stein. Sie hat Klasse, diese Frau.«

»Das ist nicht das Problem, Vaughn. Alexa behauptet, wir brauchten nicht mal einen Ring. Aber ich will dir mal sagen, wann der Ring wirklich wichtig wird. Nämlich in dem Augenblick, in dem ihre Freundinnen ihn zu Gesicht bekommen. Wenn sie ranrauschen und quietschen: ›Ui, ui, Alexa, wir haben gehört, du bist verlobt, zeig her, zeig her!‹. Du wolltest wissen, was Liebe ist. Das ist Liebe. Sicherzugehen, dass die Frau deines Lebens sich nicht schämt, wenn sie ihren Ring zeigen muss.«

»Verstehe«, erwiderte Cupido nachdenklich. Und nach einer Weile: »Du hast also jetzt echt die Arschkarte.«

»Stimmt. Ich habe keine Ahnung, wo ich zweiundzwanzigtausend Rand herkriegen soll.«

FÜNF

Es ging ihm ein bisschen wie dem Hund, der immer bellend dem Bus hinterherrannte, würde Sergeant Tando Duba, der Ermittler der SAPS in Somerset-West, später seinen Kollegen erzählen: Man sehnte sich nach einem schönen dicken, fetten Mordfall, weil das Aufmerksamkeit von oben bedeutete, und Aufmerksamkeit von oben plus solide Ermittlungen plus einen Täter bedeutete Beförderung. Und Beförderung bedeutete ein besseres Gehalt, und Gott wusste, dass die Mitglieder der SAPS immer ein besseres Gehalt gebrauchen konnten. Das also war der Bus, den alle Ermittler jagten: einen schönen dicken, fetten Mordfall.

Bis man derjenige war, der den Fall der ermordeten Frau oben auf dem Pass erwischte, der Frau, die auf dem Mäuerchen gelegen hatte und die überall in den Schlagzeilen auf der Titelseite gewesen war.

Der »gebleichten Leiche« auf Afrikaans, weil das sich reimte, beziehungsweise des *bleached body* auf Englisch, weil es eine Alliteration war.

Zweifellos, definitiv war das ein schöner dicker, fetter Mordfall. Duba konnte seinen Namen an jenem Mittwochmorgen in allen Tageszeitungen lesen, und das war toll, denn es war das erste Mal, dass er derart im Rampenlicht stand. Der Dienststellenleiter versprach ihm jede erdenkliche Hilfe, da die gesamte SAPS-Dienststelle in Somerset-West nun im Fokus der Medien stand. Und der Polizeichef des Westkaps – ein General! – rief ihn persönlich an, um ihm viel Glück zu wünschen und ihm seine Unterstützung zuzusagen. Und ihm wurde klar: Dieser Bus war ein großer Bus, ein fetter Bus, ein verdammter Luxusliner. Es war ein Bus, der ihn weit bringen konnte. Doch dann erzielte er den ganzen Mittwoch bis in die Nacht hinein nicht den geringsten Fortschritt. Absolut gar keinen. Nach der Sturzflut atemloser Publizität hatte er erwartet, dass irgendwann das Telefon läuten und jemand der gebleichten Leiche einen Namen, eine Adresse und eine Geschichte geben würde, so dass er ein Motiv erkennen und Verdächtige ausfindig machen konnte. Aber nein, nichts geschah. Er hatte die Beschreibung jeder einzelnen vermissten Person von Kapstadt bis Knysna angefordert, Bulletins verschickt, sich die Finger wundgewählt und nach allen Seiten ermittelt, doch vergeblich. »*Akukho nto eyichazayo*«, wie Sergeant Tando Duba es schließlich in seiner Muttersprache seiner Frau Xhosa gegenüber ausdrückte. Nichts.

Alle fünf Minuten kam der Pressesprecher vorbei und fragte, ob es Neuigkeiten gebe, weil die Presse drängle. Alle fünf Minuten, bis ihm die Presse wie ein wütendes, hungriges Tier erschien, das nur auf Fressen aus war. Doch er hatte nichts mehr, was er ihm zum Fraß vorwerfen konnte, und er wusste, dass er als Nächster auf der Speisekarte stehen würde, wenn er nichts auftrieb.

Da fühlte er sich tatsächlich wie der Hund, der dem Bus nachgelaufen war. Unbehaglich. Denn der dicke, fette Bus fuhr offenbar nicht die gewünschte Route, sondern blieb an unvorhergesehenen Orten einfach stehen.

Am Donnerstagmorgen bat er den Pressesprecher, ihn in Ruhe zu lassen. Daraufhin rief ihn der Dienststellenleiter zu sich und sagte in seiner gewohnten ruhigen, klugen Art zu ihm: »Tando, du kannst die Medien als Feind oder Freund betrachten. Ich rate dir Folgendes: Bitte die Leute im Leichenhaus von Soutrivier, das Gesicht der gebleichten Leiche ein bisschen aufzuhübschen. Dann lässt du Fotos machen und veröffentlichst sie in genau den Print- und Onlinemedien, die dir jetzt so zusetzen. Und dann lässt du die Medien für dich arbeiten.«

Da hatte er das Gefühl, dass der Bus wieder auf Kurs war.

...

»Für einen Verlobungsring?«, fragte die Frau in der Bank Griessel.

»Ja«, bestätigte er.

Zwischen ihnen lag sein Kreditantrag.

»Für Ihre Zukünftige?«, fuhr sie freundlich, aber ein wenig ungläubig fort. Er konnte es ihr nicht verübeln, wie er so vor ihr saß: siebenundvierzig Jahre alt, das Gesicht gezeichnet von Alkohol und jahrzehntelanger Polizeiarbeit, grau meliertes, unfrisiertes Haar, dazu noch seine eigenartigen Augen, die gelegentlich als »slawisch« beschrieben worden waren – er hatte keine Ahnung, was das bedeutete – und verrieten, dass er schon viel erlebt, viel gesehen hatte, größtenteils nichts Gutes.

»Ja, das ist richtig«, antwortete er sehr geduldig. Wie auch sonst, hier bei der Bank?

»Sie haben bereits den Studienkredit ...« Als ob er das nicht wüsste. Sein Sohn Fritz studierte im ersten Jahr an der NAFTA, der Filmschule. Die Gebühren würden ihn noch in den Ruin treiben; der reinste Wucher.

»Richtig«, antwortete er mit schwindender Hoffnung.

»Ein Verlobungsring ... Keine geeignete Sicherheit für einen Kredit ...« Die Frau beendete den Satz nicht, so dass Griessel seine eigenen entmutigenden Schlüsse daraus ziehen konnte.

»Das denke ich mir.«

»Und das Geschäft, in dem Sie ihn kaufen wollen ... Es gehört nicht zu unseren zertifizierten Adressen.«

Zertifizierte Adressen. Griessel fragte sich, was Mohammed »Love Lips« Faizal dazu sagen würde, wenn er erfahren würde, dass sein Cashcade-Leihhaus als »Adresse« bezeichnet wurde. Bestimmt würde er nur seine großen Hände in die Luft werfen und lachen.

»Es ist natürlich Ihre Entscheidung«, sagte Griessel. »Aber dort möchte ich ihn kaufen.« Denn er hatte seine Hausaufgaben gemacht. Bei den traditionellen Juwelieren würde er für einen Ring von derselben Qualität wesentlich mehr bezahlen.

Er stand auf. Man verlangte mehr Solvenz von ihm oder irgendetwas, was als Sicherheit dienen konnte. Sie verlangten etwas, was er nicht bieten konnte.

Es schien, als wolle die Frau noch etwas sagen oder fragen, doch dann nickte sie nur und sagte: »Ich gebe Ihnen so bald wie möglich Bescheid.«

Unterwegs zu seinem Auto fragte sich Griessel, warum die Bank stets all die Gründe so ausführlich darlegte, warum man keinen Kredit bekommen konnte. Warum zählten sie nicht mal alle Gründe auf, weshalb man ihm einen Kredit gewähren sollte?

Alexa und er sprachen über alles. Vor allem seitdem die Seelenklempnerin ihm eröffnet hatte, dass sein Alkoholproblem daher rühre, dass er nicht genug mit seinen Liebsten rede, vor allem über die belastenden Aspekte seiner Arbeit. Doch über diese eine Sache konnte er nicht mit Alexa reden. Denn dann würde sie ihm sofort das Geld geben wollen. Obendrein würde sie sein Dilemma nicht verstehen. Sie hatte ein anderes Verhältnis zum Geld, so war es immer gewesen.

Die Bank war der einzige Ausweg. Warum waren sie dort so misstrauisch? Er war schon seit fast dreißig Jahren Kunde bei dieser Bank und hatte immer sämtliche Schulden zurückgezahlt. Manchmal ein bisschen zu spät, oft unter großen Schwierigkeiten, aber er hatte im Laufe der Jahre jeden Cent zurückerstattet. Mit Zinsen. Die Hypothek, Autokredite, Privatkredite, den Studienkredit für Karla, Dispokredite. Jeden Cent.

Doch jetzt brauchten sie dort Bedenkzeit. Weil er nichts besaß, was sie haben wollten.

...

Sergeant Tando Duba leitete die Bilddateien mit den Porträts der gebleichten Leiche gegen 17:00 Uhr an den SAPS-Pressesprecher weiter. Man beschloss, nur eines für die Medien freizugeben – das, was am wenigsten schockierend war, denn schließlich ging es um die Abbildung einer Person, die bereits vor etlichen Tagen gestorben war.

Der Pressesprecher mailte das Foto unverzüglich an alle Medien auf seiner Liste.

Die Son war die erste Zeitung, die es über Twitter veröffentlichte.

Danach folgten die anderen Printmedien, Online-Zeitungen und -Nachrichtendienste. Gegen 18:00 Uhr war es das Hauptthema auf Netwerk24, News24 und IOL.

Gegen 20:00 Uhr war das Foto zu einer viralen makabren Sensation auf Twitter geworden, vor allem in der Altersgruppe der Vierzehn- bis Achtzehnjährigen.

Gegen 20:30 Uhr an jenem Abend ging Sergeant Tando nach Hause, weil es noch keine Reaktion gegeben hatte. Niemand wusste auch nur ansatzweise, um wen es sich bei der gebleichten Leiche handelte.

Erneut befand sich der Bus auf Abwegen.

...

Vinnie Adonis war einer von zwei Angestellten, die tagsüber am Empfang des Luxushotels Cape Grace an der Kapstädter Waterfront arbeiteten.

Er brachte den ersten Dominostein im Mordfall der gebleichten Leiche zum Umfallen. Er war achtundfünfzig Jahre alt, ging aber noch immer jeden Tag vom Kapstädter Bahnhof zu Fuß zur Arbeit. Um kurz nach sieben an jenem Freitagmorgen, dem 19. Mai, fiel an der Ecke der Van Riebeeck- und der Adderleystraat sein Blick auf die Titelseite von *Die Burger*, von der ein Stapel neben dem Zeitungsverkäufer auf dem Bürgersteig lag. Adonis betrachtete das Farbfoto des Gesichts, das eigenartig aussah, die Haut blassblau, die Augen geschlossen. Die Überschrift lautete: *Wer kennt diese Frau?*

»*Ich*«, sagte eine Stimme in Vinnies Hinterkopf, doch dann dachte er: Nein, ich kenne sie nicht, aber die Stimme erwiderte hartnäckig: »Doch.« Er kehrte um, blieb neben dem Stapel Zeitungen stehen und betrachtete das Bild. »Zeitungspiraterie ist strafbar, *uncle*«, mahnte der Zeitungsverkäufer.

Vinnie lachte, fuhr mit der Hand in die Hosentasche und fragte: »Wie viel?«

»Sonderpreis, für dich heute nur elf Rand, *uncle*.«

Adonis ließ drei Fünfrandmünzen in die hohle Hand des Jungen fallen. »Der Rest ist für dich«, sagte er, nahm die Zeitung, machte sich wieder auf den Weg und starrte dabei das Foto an.

Das ist doch die Amerikanerin, dachte er. Missis Lewis. Missis Alicia Lewis. Zwar keine Schönheit, aber unheimlich nett. Es gab Yankees, die sich übertrieben anstrengten, den Einheimischen gegenüber freundlich zu sein, dann die arroganten Yankees und dann diejenigen, die einfach ganz normal mit einem umgingen. Zu denen hatte sie gehört. Am Sonntag hatte sie sich bei ihm nach dem einen oder anderen erkundigt. Ja, genau, sie musste am Sonntag angekommen sein.

Die blassblaue Frau auf der Titelseite von *Die Burger* musste Missis Lewis sein.

Oder doch nicht?

...

Vinnie Adonis zeigte die Zeitung seinem Kollegen am Empfang. »Findest du nicht auch, dass sie Missis Alicia Lewis aus der 202 ähnlich sieht?«

»Stimmt, da gibt's eine gewisse Ähnlichkeit.«

»Wann hast du sie zum letzten Mal gesehen?«

»Jetzt, wo du es sagst ...«

Doch sie waren sich nicht sicher. Sie gingen mit der Zeitung zum Assistant Manager, der ihnen zuhörte, überlegte und mit ihnen zum Manager ging. Dieser rief den Chef der Hotel-Security zu sich ins Büro. Sie nahmen die Passkopie von Mevrou Lewis aus dem Ordner, und alle fünf Hotelmitarbeiter verglichen das blassblaue Gesicht der gebleichten Leiche auf der Zeitungstitelseite mit dem Passfoto. Zwei von ihnen erkannten kaum eine Übereinstimmung, zwei vermuteten, dass es sich um dieselbe Person handeln könne. Vinnie dagegen war sich ganz sicher.

Der Chef der Hotel-Security schlug vor, Videomaterial der hoteleigenen Überwachungskameras heranzuziehen, da Passfotos irreführend sein könnten. Der Manager sagte, er wolle in der Zwischenzeit mal bei Zimmer 202 anklopfen.

Erst gegen 9:00 Uhr morgens fiel der zweite Dominostein, als der Manager des Cape-Grace-Hotels bei der Nummer ganz unten im Artikel von *Die Burger* anrief und Sergeant Tando Duba erklärte, sie hätten Grund zu der Annahme, dass es sich bei der gebleichten Leiche um Mevrou Alicia Lewis handle, eine amerikanische Staatsbürgerin, die offenbar in London wohne, denn die Adresse in ihren Unterlagen laute Carolinestreet 10 in Camden Town, London.

»Und was veranlasst Sie zu dieser Vermutung?«, fragte Sergeant Tando.

»Weil wir die Aufnahmen aus den Überwachungskameras zum Vergleich genommen haben, bei denen es sich übrigens um hochauflösendes 720 P HD handelt, und die Ähnlichkeiten zwischen dem Foto in der Zeitung und der Frau auf dem Video sind bemerkenswert. Den Videoaufnahmen zufolge hat sie außerdem das Hotel am Montagmorgen um 9:13 Uhr zum letzten Mal verlassen, und laut unserem Reinigungspersonal wurde ihr Zimmer seit Montag nicht mehr benutzt.«

»Scheiße«, fluchte Sergeant Tando Duba leise.

Der dritte Dominostein fiel, als der Dienststellenleiter der SAPS in Somerset-West den Polizeichef – den General! – des Westkaps anrief, um ihn über die Tatsache zu informieren, dass es sich bei der gebleichten Leiche höchstwahrscheinlich um eine ausländische Touristin handle, obendrein eine Amerikanerin, die in England lebte, was die Sache nur umso schlimmer mache.

Der General war ein alter Hase. Er hatte sich die Karriereleiter hochgearbeitet; seine Fähigkeiten, in die Zukunft zu blicken, waren durch reichlich Erfahrung geschliffen, und was er sah, waren Schwierigkeiten. Er sagte zum Dienststellenleiter von Somerset-West, es tue ihm aufrichtig leid für Sergeant Tando, aber es sei für alle, auch den jungen Ermittler das Beste, diese Bürde an die Valke weiterzureichen.

Der Dienststellenleiter stieß im Stillen einen Seufzer der Erleichterung aus, denn dieser Bus war ein Interkontinentalbus, aus dem er und seine Leute besser ausstiegen. Denn es gab nur eine Möglichkeit, wo so ein dicker, fetter Bus mit dem Mord an einer ausländischen Touristin an Bord hinfuhr: nämlich zum Zirkus.

SECHS

12. Oktober

Er stahl ein Stück Stockfisch, er stahl einen Strang Würste, der neben dem Kopf und den Haxen eines riesigen Schweines hing. Er aß die Wurst roh, im Gehen. Sein Magen knurrte und protestierte, aber er wusste, dass er diesen Brennstoff, irgendeinen Brennstoff dringend brauchte.

Er mied die Blicke der Marktbesucher, hielt den Kopf gesenkt und verließ den Markt in nördlicher Richtung auf der Straße nach Delft.

Er blickte sich erst um, nachdem er eine Viertelstunde lang unterwegs war. Er sah sie nicht.

Er aß den Stockfisch am Ufer der Oude Lee, damit er Wasser zu trinken hatte. Er verweilte nicht, trank in tiefen, langen Zügen und machte sich dann sofort wieder auf den Weg.

Eine Stunde nach dem Besuch auf dem Schiedamer Markt, schon auf halbem Weg nach Delft, blickte er sich erneut um, denn der Verkehr wurde allmählich weniger, und die Straße führte geradeaus. Da sah er sie. Die vier. Alle in Schwarz gekleidet. Sie waren weit weg, nichts als Punkte am Horizont. Aber sie jagten ihn bereits lange genug, so dass er ihre Gestalten erkannte. Ihre Zielstrebigkeit.

Er stieß einen verzweifelten Laut aus. Es hatte nichts genutzt, den Mantel überzuziehen und seinen Hut zurückzulassen.

Lange würde er nicht mehr durchhalten. Er überlegte, die Straße zu verlassen und sich irgendwo zwischen den Bäumen zu verstecken, doch er wusste, dass die Landschaft hier zu flach war. Sie sahen ihn jetzt, sie sahen ihn deutlich, sie würden ihn auch dann sehen, wenn er versuchen würde, über die Felder zu entkommen.

Sie würden ihn erwischen.

Er lief schneller.

SIEBEN

Es waren die Kapteins Bennie Griessel und Vaughn Cupido von der Valke, die den Bus in Richtung Zirkus erwischten. Sie standen jetzt, begleitet von Sergeant Tando Duba, hoch oben in den Hottentots Hollandbergen am Aussichtspunkt, und der Nordwestwind zerrte an Griessels Haaren und Cupidos Mantel. Die Wolkensichel der Kaltfront trieb wie ein Menetekel über die Kaphalbinsel.

»Warum?«, hatte Cupido die Leiterin der Einheit für Schwerverbrechen, Majorin Mbali Kaleni, gefragt. »Warum müssen wir immer den Fall übernehmen, nachdem irgendein Anfänger ihn ver...« Er hielt rechtzeitig inne, da die Majorin keine Flüche duldete. »... ihn vermasselt hat?«

Majorin Mbali wusste, dass Cupido sie dazu bringen wollte, zu sagen: »Weil ihr so überragende Ermittler seid und mit allem fertig werdet.« Sie kannte ihre Pappenheimer. Cupido reagierte auf positive Verstärkung und Lob, während Bennie Griessel davon nur nervös wurde. Denn Bennie war nicht sehr selbstbewusst. Was er brauchte, waren Freiraum, stilles Vertrauen und vielleicht ein privates Dankeschön, wenn alles vorüber war.

»Wir wissen noch gar nicht, ob irgendetwas vermasselt wurde, Captain«, hatte sie erwidert.

»Aber es ist doch jedes Mal dasselbe. Diese Detectives in den kleinen Dienststellen sind minderbemittelt, schlecht ausgebildet, zu schnell aufgestiegen und zu sehr von sich überzeugt. Im Großen und Ganzen nutzlos.«

»*Hhayi!*«, erwiderte die Majorin auf Zulu, aber in einem Ton, bei dem jeder verstand, was sie meinte, nämlich: »Es reicht«, »Basta«, »Schluss jetzt« und »Raus«.

Also fuhren sie hinaus zum Sir Lowry's Pass, denn die Majorin hatte dort für sie ein Treffen zur Übernahme des Falls vereinbart. Und jetzt standen sie hier im schneidenden Wind, während ihnen Sergeant Tando Duba auf seinem Handy, einem großen Samsung Galaxy Note, die Fotos der auf der Mauer drapierten gebleichten Leiche zeigte. Duba war ein bisschen aufgeregt, denn schließlich hatte er es mit Bennie Griessel und Vaughn Cupido zu tun, und als Ermittler am West-Kap wusste man genau über die beiden Bescheid, über die guten wie die schlechten Seiten. Sie sprachen Englisch miteinander.

»Das kriminaltechnische Labor meint, dass es Wochen dauern wird, bis sie das hier oben sichergestellte forensische Material überprüft haben«, sagte Duba und deutete mit einem Arm die Umgebung um den Aussichtspunkt an.

»Ich glaube nicht, dass sie irgendetwas finden werden«, bemerkte Bennie Griessel.

Cupido nickte. »Wenn man schlau genug ist, eine Leiche mit Bleichmittel zu waschen, hinterlässt man keine Spuren an dem Ort, wo man sie ablegt.«

»Okay«, sagte Duba, gerne bereit, von den Meistern zu lernen.

»Weißt du, was Bleichmittel bewirkt?«, fragte Cupido.

Duba wusste es. Und er hatte sein Wissen noch vertieft, indem er mit den Kriminaltechnikern geredet hatte. Er wollte gerade antworten, aber Cupido kam ihm zuvor: »Haushaltsübliches Bleichmittel zerstört DNA-Spuren und entfernt sogar die meisten chemischen Rückstände. Und es lässt Blutspuren verschwinden.«

»Aber nicht alle Bleichmittel sind gründlich«,

wandte Duba ein. »Chlorbleiche lässt Blut zwar verblassen, aber mit dem Luminol-Test kann man es wieder sichtbar machen.«

»Wie auch immer«, erwiderte Cupido. »Die große Frage ist doch: Warum hat der Täter die Leiche ausgerechnet hier abgelegt? Warum hat er sie nicht irgendwo verscharrt? Oder sie irgendwo abgeladen, wo man sie nicht so schnell gefunden hätte? Das ist das wirklich Interessante.«

»Okay.«

»Dazu muss man sich auch überlegen, wie er die Leiche aus seinem Fahrzeug und auf die Mauer transportiert hat, ohne dass er von der N2 aus gesehen wurde«, fuhr Cupido fort.

»Manchmal kommen ein paar Minuten lang keine Autos.«

»Es ist trotzdem riskant«, meinte Griessel.

»Hast du mal eine Leiche getragen?«, fragte Cupido.

»Nein.« Denn das übernahmen normalerweise die Sanitäter.

»Leichen sind schwerer, als man denkt«, sagte Cupido. »Es können also mehr als einer gewesen sein. Dann ist da noch die Frage, welches Fahrzeug sie benutzt haben. Eine normale Limousine ist eher unwahrscheinlich. Sie ist zu niedrig, um vor ungebetenen Zuschauern Sichtschutz zu bieten. Ein geparktes Auto mit offenem Kofferraum, ein Typ, der etwas raushebt, das wie eine Leiche aussieht ...«

»Verstehe«, sagte Duba.

»Wir müssen also eher von einem großen SUV ausgehen. Vielleicht auch einem Lieferwagen oder einem Minibus«, fuhr Cupido fort. »Ihr hättet schon mal die Aufnahmen aus den Verkehrsüberwachungskameras an der N2 nach großen SUV oder Minibussen durchsuchen können, die in dieser Nacht mit zwei oder mehr Leuten nach Einbruch der Dunkelheit unterwegs gewesen sind.«

»Dafür hatte ich nicht genug Leute«, erwiderte Duba.

»Es geht ihm nicht darum, deine Ermittlungen zu kritisieren«, beruhigte ihn Griessel, der wusste, wie Cupido manchmal auf andere wirkte.

»Ich denke nur laut«, sagte Cupido.

»Wir haben angefangen, uns die Aufnahmen anzusehen. Aber ... Auf diesem Streckenabschnitt waren in der betreffenden Nacht über sechstausend Fahrzeuge zwischen Sonnenuntergang und Sonnenaufgang unterwegs«, erklärte Duba. »Außerdem gehören die Verkehrsüberwachungskameras der Provinz, und alle Nummernschilder zu überprüfen würde Wochen dauern. Monate ...«

Cupido sah den jungen Xhosa-Ermittler aufmerksamer an. Er wusste, dass das Verhältnis zwischen der von der Demokratischen Allianz regierten Provinz und der SAPS kompliziert war. Es war nicht immer leicht, mit den Behörden vernünftig zu kooperieren. »Gute Arbeit«, sagte er.

Sergeant Tando Duba war unsicher, wie er Cupidos Tonfall einschätzen sollte. Bennie Griessel wusste, dass sein Kollege oft missverstanden wurde. »Hat er ernst gemeint«, sagte er deshalb.

»Oh. Vielen Dank.«

»Weißt du eigentlich, dass diese Handys explodieren können?« Cupido deutete auf Dubas Samsung Galaxy Note.

»Nein, nur die neuen, das S7. Das hier ist ein S6.«

...

»Okay, er ist tatsächlich nicht unnütz. Seine Akte ist tipptopp geführt«, bemerkte Cupido, als sie auf der N2 in Richtung Stadt fuhren. Er blätterte durch die Unterlagen, die Duba ihnen ausgehändigt hatte, Griessel fuhr.

Vaughn überflog den Bericht des Rechtsmediziners in Teil B der Akte. Er las daraus vor: »Weiblich,

Anfang bis Mitte 40, keine Anzeichen für sexuelle Gewalt, keine Verteidigungswunden ... Leiche ausgiebig in Haushaltsbleiche gewaschen ... Keine Kratzspuren von Fingernägeln, keine Schmauchspuren ... Kopfwunde durch Einwirkung eines stumpfen Gegenstands, führte zur Zertrümmerung des Okziputs.« Und da er die Skizze vor Augen hatte und wusste, dass sich die Ermittler nicht immer alle lateinischen Namen für die menschlichen Körperteile merken konnten, fasste er sich an den Hinterkopf knapp über dem Nacken und sagte: »Das ist das Hinterhauptbein, die Stelle über dem Nacken. Todesursache ist ein schweres Schädelhirntrauma im Kleinhirnbereich. Wahrscheinlich ist der Tod sofort eingetreten. Die Wunde wurde von einem einzigen, sehr heftigen Schlag verursacht und ebenfalls gründlich mit Haushaltsbleiche ausgewaschen. Keine Wundrückstände, keine Splitter, keine Mikropartikel. Bei der stumpfen Waffe handelte es sich vermutlich um einen abgerundeten Metallzylinder von ungefähr fünf Zentimetern Durchmesser.«

Cupido sah Griessel an. »Ein einziger Schlag, Benna. Sehr heftig.«

»Muss ein großer, starker Typ gewesen sein.«

»Nicht aus Wut, nicht aus Panik, nicht durch

Überreaktion. Aber effektiv.« Sie wussten beide, dass diese Art von Einzelwunde häufig durch einen Unfall im Haushalt oder im Verkehr verursacht wird, denn bei Mordfällen fand man meist mehr als eine Verletzung – Anzeichen für einen Kampf – oder mehrere Hiebe, Stiche oder Schüsse, weil der Mörder wütend, panisch oder verzweifelt gehandelt hatte.

Ein einziger brutaler Schlag mit einem Metallrohr wollte nicht so recht zu einem Gelegenheitsverbrechen an einer ausländischen Touristin passen, die erst am Tag vor ihrem Tod in Südafrika eingetroffen war.

»Todeszeitpunkt?«, fragte Griessel.

Cupido durchsuchte den Bericht. »Wahrscheinlich Montagnachmittag.«

Griessel seufzte, denn das bedeutete, dass das Verbrechen bereits sechsundneunzig Stunden her war. Eine Binsenweisheit besagte, dass die ersten zweiundsiebzig Stunden bei einer Ermittlung ausschlaggebend waren. Sie hatten bereits einen Rückstand, der sich sicher noch vergrößern würde.

...

Im Büro des Day-Managers des Cape-Grace-Hotels verglichen die Ermittler die Screenshots aus den

Überwachungskameras mit dem Foto der gebleichten Leiche und erkannten Übereinstimmungen, waren aber nicht restlos überzeugt.

»Doch, das ist sie«, beharrte der Empfangsangestellte Vinnie Adonis. »Das ist Missis Alicia Lewis.«

»Wie kannst du so sicher sein, *uncle*?«, fragte Cupido, respektvoll wie immer, wenn er mit einem älteren Farbigen in einer offiziellen repräsentativen Stellung sprach.

»Ich habe sie am Sonntag eingecheckt und ihr am Montagmorgen bei ihren Fragen weitergeholfen. Ich bin derjenige, der am häufigsten Kontakt zu ihr hatte.«

»Würdest du sie im Leichenhaus identifizieren, *uncle*?«, fragte Cupido.

»Was sein muss, muss sein.«

»Danke, *uncle*. Und jetzt erzähle uns bitte alles über Missis Lewis, woran du dich erinnern kannst.«

»Okay. Sie ist am Sonntagnachmittag bei uns im Hotel eingetroffen. Sie kam aus London. Letzten Sonntag, am 14. Ich kann mich genau daran erinnern. Es war kurz vor fünf. Sie hat mir ein paar Fragen gestellt und gesagt, das Wetter sei so schön bei uns, in London habe es am Tag zuvor furchtbar geregnet. Da sagte ich: Aber Missis Lewis, für mich klingen sie gar nicht wie eine englische Lady, und da lachte sie und sagte, nein, sie komme ursprünglich aus Amerika, lebe jetzt aber schon lange in London.«

»Was wollte sie von dir wissen, *uncle*?«

»Sie hat mich gefragt, wie sie am besten nach Villiersdorp komme. Es war ein bisschen lustig, denn sie hat den Namen ganz falsch ausgesprochen, ›Willy-ees-dorp‹, mit ihrem amerikanischen Akzent, so dass ich sie erst gar nicht verstanden habe. Ich musste sie bitten, es mir aufzuschreiben, und dann sagte ich, ›oh, Villiersdorp‹, und sie sagte, ja, sie müsse am Montag dorthin und wie sie am sichersten hinkomme, mit Uber, einem Taxi oder einem Mietwagen.«

»Sie musste dorthin?«, fragte Griessel nach.

»Meneer?«

»Hat sie gesagt, sie müsse nach Villiersdorp?«

Adonis zögerte, runzelte die Stirn und sagte: »Das ist eine gute Frage. Es kann auch sein, dass sie gesagt hat, sie wolle hinfahren, das weiß ich nicht mehr so genau.«

»Was wollte sie denn in Villiersdorp?«, fragte Cupido. »Hat sie das gesagt?«

»Nein.«

»Okay, *uncle*, und dann?«

»Da habe ich gesagt: ›Alles ist ungefähr gleich sicher, aber ein Taxi oder Uber könnte sehr teuer werden bis raus nach Villiersdorp. Andererseits bräuchten Sie sich keine Sorgen zu machen, falsch zu fahren und sich zu verirren.‹ Da lachte sie und sagte, sie würde sich an Google Maps halten. Sie war wirklich sehr nett. Nicht alle Amerikaner sind nett, aber sie war's. Und sie hat gesagt, sie würde noch zwei Wochen bleiben, ob sie meiner Meinung nach besser gleich einen Mietwagen nehmen solle und ob ich ihr dabei helfen könne. Da habe ich gesagt, kein Problem, an welche Klasse sie denn gedacht hätte und ob sie den Mietwagen gegen eine zusätzliche Gebühr hierher gebracht haben wolle oder ob sie lieber mit einem Taxi raus zu Avis am Flughafen fahren würde. Da sagte sie, sie hätte gern einen Mittelklassewagen, der zum Hotel gebracht würde, am nächsten Morgen so gegen neun. Da habe ich gesagt, alles in Ordnung, ich würde alles für sie regeln. Und dann am Montagmorgen ist sie wieder hier zu mir an den Empfang gekommen, kurz vor neun, und hat mit mir und dem Mann von Avis zusammen die Papiere ausgefüllt. Und dann, um 9:13 Uhr laut Überwachungskamera, ist sie mit den Mietwagenschlüsseln hier rausgegangen, sie hatte einen Avis-Wagen Gruppe E genommen, einen silbernen Toyota Corolla Automatik. Das langweiligste Auto im ganzen Land, aber was soll man machen?«

Griessel wollte gerade fragen, ob sie so schnell wie möglich das Kennzeichen des Wagens bekommen könnten, aber in dem Moment ging die Tür auf, der Manager steckte seinen Kopf herein und sagte: »Kann sein, dass wir etwas für Sie haben.«

Sie sahen ihn erwartungsvoll an.

»Wir können schlecht mit allen Angestellten auf einmal reden, weil sie beschäftigt sind, deswegen treffen wir uns in kleinen Gruppen während der Pausen. Eine Kellnerin, die im ›Signal‹ arbeitet, hat uns gerade erzählt, dass Missus Lewis am Montagmorgen mit einem Mann zusammen gefrühstückt hat.«

»Im ›Signal‹?«

»Unserem Restaurant.«

»Wir würden gerne mit ihr reden«, sagte Cupido.

»Natürlich. Die Kellnerin erwartet Sie.«

»Gibt es Videoaufnahmen von dem Mann?«, fragte Griessel.

»Wir sehen sofort nach«, versprach der Manager.

»Vielen Dank«, sagte Griessel.

»Gerne. Noch etwas ... Wahrscheinlich wissen

Sie es schon, aber wir haben die Londoner Telefonnummer von Missus Lewis in unseren Unterlagen. Ihre Londoner Nummer, meine ich. Sie steht in ihren Buchungsinformationen.«

»Wir können nicht anrufen, bevor wir die Leiche mit Gewissheit identifiziert haben«, erwiderte Cupido.

»Natürlich, natürlich.«

ACHT

Griessel begleitete den Manager in den Monitorraum, während Cupido und Vinnie Adonis zum staatlichen Leichenhaus in Soutrivier fuhren.

Die Kellnerin, eine junge Xhosa, erwartete sie bereits. »Ich habe ihn für ihren Großvater gehalten«, erklärte sie, während sie darauf warteten, dass die Aufnahme auf dem Monitor erschien.

»Der Mann, mit dem sie gefrühstückt hat?«

»*Ewe*. Er war alt, und er war so ...« Sie deutete mit einer Geste an, dass der Mann klein und gebeugt war.

Der Chef des Sicherheitsdienstes spulte das Videomaterial aus der Kamera im Eingangsportal mit doppelter Geschwindigkeit für sie zurück, bis die Kellnerin sagte: »Das ist er.« Es dauerte eine Weile, bis sie das günstigste Standbild auf dem Monitor hatten.

»Sehen Sie«, sagte die Kellnerin. »*Utatomkhulu*. Ein kleiner Großvater.«

Griessel nickte. Der Mann auf dem Bild musste über siebzig sein. Er war klein und gebeugt und ging mit steifen Altmännerschritten, strahlte aber Vitalität und eine gewisse Selbstsicherheit aus. Sein Haar war noch üppig, kurz und ordentlich, schneeweiß und mit großer Sorgfalt zurückgekämmt. Seine Nase dominierte sein Gesicht. In der rechten Hand trug er eine braune Aktentasche aus weichem Leder, in der linken einen grauen Fedorahut. Er war ordentlich in Sakko, weißes Hemd und Krawatte gekleidet.

»Sind Sie ganz sicher, dass er mit Missus Lewis gefrühstückt hat?«, fragte Griessel.

»*Ewe*. Absolut sicher. Sie hatte ein Käse-Champignon-Omelett, er das gesunde Frühstück. Müsli mit Früchten und Joghurt. Sie war nett. Er war … weiß.«

Griessel fragte den Sicherheitschef, um welche Uhrzeit der Mann im Hotel eingetroffen war.

»Um 7:15 Uhr.«

»Können wir sehen, wann er wieder gegangen ist?«

»Sicher.«

Griessel fragte die Kellnerin, ob sie gehört habe,

worüber sich die beiden unterhielten, Mrs Lewis und der Gast.

»Nein. Aber er hat ihr ein Buch gegeben.«

»Was für eine Art von Buch?«

»Das habe ich nicht genau gesehen. Er hat das Buch aus seiner Aktentasche genommen, etwas hineingeschrieben und es ihr gegeben.«

...

Cupido benutzte nicht die üblichen Räumlichkeiten für die Identifizierung der Toten im Soutrivier-Leichenhaus, da Vinnie Adonis kein Angehöriger von Alicia Lewis war. Um Zeit zu sparen, führte er den etwas angespannten Hotelangestellten direkt zu den Kühlfächern. Er bat ihn um Entschuldigung wegen der Unannehmlichkeiten und der seltsamen Gerüche, warnte ihn vor, dass es ein unerfreulicher Anblick sein könne, und nickte dem diensthabenden Beamten zu, dass er die Schublade öffnen und das weiße Tuch wegziehen könne.

Vinnie Adonis schaute mit einer gewissen makabren Neugier und mit dem ehrlichen Wunsch hin, die Leiche richtig zu identifizieren. Er musste näher treten und sich vorbeugen. Lange sah er die Tote an, dann wurde ihm übel.

»Der Eimer steht da«, sagte der Leichenhausmitarbeiter gelangweilt. Ein Routinehinweis.

Adonis bückte sich über den Eimer, aber es gelang ihm, seinen Mageninhalt bei sich zu behalten. Mit tränenden Augen sah er Cupido an. »Sie ist es«, sagte er mit heiserer Stimme.

»Ganz sicher, *uncle*?«

»Todsicher.«

Vaughn zückte sein Handy, um Bennie anzurufen.

...

Um kurz vor fünf Uhr nachmittags saß Griessel im Büro des Hotelmanagers und wählte die Festnetznummer von Alicia Lewis in London.

Er dachte nicht darüber nach, dass ihm damit die Aufgabe zufiel, die Nachricht von ihrem Tod zu überbringen. Er hatte das in seiner Laufbahn schon unzählige Male getan – als junger Constable in den nördlichen Vorstädten, der die Motorradtode von Freitagabend Müttern und Ehefrauen verkünden musste, und später als Ermittler bei den Valke, wo man meistens ihn bat, dies nach einem Mord zu übernehmen. »Du hast die nötige Würde, Benna, die Gravität«, pflegte Cupido zu betonen in dem Versuch, ihn zu manipulieren.

Aber es lag nicht an der »Gravität«, sondern an seiner Erfahrung. Zu viel Erfahrung.

Das Telefon klingelte in einem Haus in London, das er sich nicht vorstellen konnte. Vier-, fünf-, sechsmal, bis sich jemand etwas außer Atem meldete: »Hallo?«

»*Good afternoon*«, sagte Griessel, und ihm fiel plötzlich ein, dass er gar nicht wusste, wie spät es jetzt in England war. »Wer ist am Apparat?«

»Wer spricht denn da?«

»Madam, sind Sie eine Angehörige von Mrs Alicia Lewis?«

»Miss Lewis. Nein. Warum?«

»Ist das ihre Wohnung?«

»Ja. Mit wem spreche ich?«

»In welcher Beziehung stehen Sie zu Miss Lewis?«

»Entschuldigen Sie, wer sind Sie?«

»Mein Name ist Bennie Griessel. Ich bin Captain bei der südafrikanischen Polizei und rufe aus Kapstadt an.«

»O mein Gott ... Geht es Alicia gut?«

»Darf ich bitte fragen, in welcher Beziehung Sie zu Miss Lewis stehen?«

»Ich bin nur ihre Haussitterin. Ich ... Ich bin Studentin. Geht es ihr gut?«

»Madam, es tut mir sehr leid, Ihnen mitteilen zu müssen, dass Miss Lewis am Montag verstorben ist.« Griessel sprach mit leiser, sanfter Stimme, weil er wusste, dass es diese Worte waren, die das Leben von Menschen für immer veränderten.

Keine Würde. Nur Erfahrung.

...

Es kostete ihn fast fünf Minuten, bis er Tracy Williams in einem Townhouse in London so weit beruhigt hatte, dass er ihr Fragen stellen konnte.

Sie sagte, sie passe seit zwei Jahren immer dann auf Lewis' Haus auf, wenn diese in Urlaub fuhr oder übers Wochenende wegmusste. Die dreiundvierzigjährige Alicia Lewis sei nie verheiratet gewesen und habe keine Kinder. Seit einem Jahr habe sie auch keine Beziehung mehr gehabt. Lewis habe eine Schwester und eine Mutter, die irgendwo in Amerika lebten, »ich glaube, auf Long Island oder irgendwo da«.

Ob sie die Kontaktdaten für ihn ausfindig machen könne?

Sie würde es versuchen.

Ob es einen Arbeitgeber gebe, der diese Kontaktdaten möglicherweise habe?

Ja, Restore müsse sie noch haben. Lewis habe vor

ungefähr einem Monat gekündigt, nachdem sie fast zwanzig Jahre für die Firma gearbeitet habe. Eine Kunstagentur.

Griessel fragte nach den Kontaktdaten der Firma.

Sie wisse sie nicht auswendig, aber er könne sie bei restore.art.co.uk unter »Contact us« nachsehen.

Er fragte sie, wie spät es in London sei.

...

Griessel telefonierte noch mit Lewis' ehemaligem Arbeitgeber und machte sich Aufzeichnungen in seinem Notizbuch, als Cupido zurückkehrte. Er trug ihre beiden »Mordtaschen« mit der Ausrüstung, eine in jeder Hand, stellte die Griessels kommentarlos ab und ging wieder hinaus. Bennie leitete daraus ab, dass Vaughn schon einmal beginnen wollte, Lewis' Hotelzimmer zu untersuchen.

Als er den zweiten Anruf endlich beendet hatte, nahm er seine Mordtasche und suchte den Manager auf, um sich dafür zu bedanken, dass die SAPS auf Kosten des Hotels nach Übersee telefonieren durfte. Dann machte er sich auf den Weg zu Zimmer 202.

Die offene Tür hatte Cupido mit gelbem Absperrband kreuz und quer verbarrikadiert. Sein Mordkoffer – ebenso wie der von Griessel eine große schwarze Aktentasche – stand aufgeklappt im Flur. Daneben lagen sein langer schwarzer Wintermantel und das Sakko, ordentlich gefaltet und aufeinandergestapelt. Griessel spähte zur Tür hinein. Drinnen kniete Cupido neben dem Doppelbett und sah nach, ob etwas darunterlag. Auf dem Bett befand sich Lewis' großer Reisekoffer. Vaughn trug krankenhausblaue Schuhschützer und durchsichtige Latexhandschuhe.

»Ich bin jetzt da«, sagte Griessel.

»Die Spusi ist unterwegs«, erwiderte Cupido. Er meinte die Provinziale Elite-Spurensicherungseinheit, die häufig die Tatorte der Falken forensisch untersuchte.

»Okay.« Griessel stellte seine Tasche ebenfalls an der Wand ab, zog sein Sakko aus und legte es daneben, holte Schuhschützer und Handschuhe aus der Tasche und streifte sie über. Dann bückte er sich unter dem Absperrband hindurch und betrat das große Hotelzimmer. »Ich habe bei ihr zu Hause in London angerufen. Sie hat dort keine Angehörigen, war nie verheiratet. Ihre Mutter und ihre Schwester leben in Amerika. Ich rufe sie an, ich warte noch auf die Telefonnummern. Lewis hat allein gewohnt. Ein junges Mädchen … eine Studentin, die auf ihr Haus aufpasst, hat gesagt, Lewis wollte Urlaub am Kap machen. Früher hat sie bei einer Firma namens Restore gearbeitet. Dort hat man gesagt, sie habe Ende März gekündigt, weil sie ein zweijähriges Sabbatical nehmen wollte.«

»Vor etwa einem Monat?« Cupido war aufgestanden und hatte den Koffer geöffnet.

»Genau.«

»Zwei Sabbatjahre?«

»Ja, sie ...«

Cupido schnaubte. »*Sabbatical*. Was soll das eigentlich heißen? Stell dir mal vor, ein Polizist würde sagen: Hört mal her, ich bin ein bisschen erschöpft, ich nehme jetzt mal schön ein Sabbatical. Oder einer von meinen farbigen Brüdern: Tja, Liebchen, ich nehme jetzt mal ein bisschen Sabbaturlaub, hab keinen Bock mehr, mich als Anstreicher abzuschuften, vielleicht flieg ich jetzt erst mal nach Mauritius. Das sind doch immer nur reiche Weiße, die mit dem Begriff um sich schmeißen, damit andere reiche Weiße sie bloß nicht für faule Schweine halten.«

Griessel wusste, dass es keinen Zweck hatte, Cupido zu unterbrechen, wenn er Dampf abließ. Er tat es oft, und Bennie vermutete, dass es für seinen Kollegen eine wichtige therapeutische Bedeutung hatte. Außerdem war es meistens amüsant. Schon allein deswegen, weil er Griessel nicht als »weiß« betrachtete. Sie hatten schon darüber gesprochen. Cupido hatte gesagt: »Weiß sind nur die, die nie gelitten haben. Du hast keine Hautfarbe, Benna.«

Griessel wusste nicht genau, was Vaughn mit »leiden« meinte. Bestimmt die Sauferei.

Er wartete, bis sein Kollege fertig war. »Sie war in der Kunstbranche. Angeblich eine Spezialistin für alte Meister. Sie hat mit einer Frau zusammengearbeitet, die zugleich ihre beste Freundin war. Sie werden sie bitten, uns anzurufen, sie ist momentan irgendwo in Europa unterwegs.« Er bückte sich unter dem Absperrband hindurch. »Und was hast du so gemacht?«

»Ich habe schon das ganze Zimmer und das, was im Schrank war, fotografiert.« Für die Aufnahmen benutzten die Ermittler ihre Handys, wenn sie als Erste an einem Tatort waren. »Der Schrank ist drüben vor dem Bad, eigentlich mehr eine Art Ankleidezimmer, ist ja schließlich ein Grandhotel. Hier zu wohnen muss ein Vermögen kosten. Im Schrank sind Kleider und Schuhe, und in der obersten Schublade liegt ein Laptop, unter ihrer Unterwäsche, als hätte sie ihn verstecken wollen.«

»Vielleicht nur, weil sie nicht wollte, dass er gestohlen wird.«

Cupido nickte. »Ich habe Lispel angerufen, er wartet im Präsidium, bis wir den Laptop reinbringen.« Sergeant Reginald »Lispel« Davids war das hauseigene Technik-Genie der Kapstädter Valke, der für das Rechenzentrum IMC arbeitete. »Bisher kein Pass«, fuhr Cupido fort. »Und weder Handy noch Ladegerät.«

»Hatte sie bestimmt in ihrer Handtasche«, erwiderte Griessel, da auf den Aufnahmen der Überwachungskameras zu sehen war, dass Lewis beim Verlassen des Hotels eine ziemlich große Tasche über der Schulter getragen hatte. »Wissen wir schon, welchen Mietwagen sie ...« In dem Moment meldete sich sein Handy.

Er zog es aus der Tasche und sah, dass es Cloete war, der Pressesprecher. Das bedeutete, dass die Nachricht von der Übernahme des Falls durch das Direktorat für Schwerverbrechen bereits durchgesickert war. Griessel nahm den Anruf nicht an; er würde später zurückrufen. Er sagte nur »Cloete«, als Cupido ihn fragend ansah.

»Die Geier kreisen«, bemerkte Cupido.

NEUN

Griessel sah sich das Hotelzimmer zum ersten Mal näher an. Es war groß und luxuriös. Die Gardinen vor dem hohen Fenster zum französischen Balkon auf der Nordseite waren beiseitegezogen. Man blickte über das Wasser, die Segelyachten und die Millionärsapartmenthäuser an der Waterfront jenseits des Docks.

Zwei Sessel standen vor einem niedrigen Tisch, und es gab einen Schreibtisch im klassischen Stil mit passendem Stuhl. Ein riesiges Doppelbett, perfekt gemacht, zwei Nachtschränkchen, einen großen Flachbildfernseher.

»Eine ordentliche Frau«, bemerkte Cupido. »Hier ist nur Schmutzwäsche drin.« Er schloss den türkisfarbenen Koffer und brachte ihn wieder in den großen Einbauschrank, aus dem er ihn herausgeholt hatte.

»Ich kümmere mich so lange ums Badezimmer«, sagte Griessel und ging hinüber.

Eine Badewanne, eine Dusche, zwei Waschbecken, die Gestaltung hochwertig und geschmackvoll. Große und kleine schneeweiße Handtücher hingen an der Wand. Lewis' Kulturbeutel stand zwischen den beiden Waschbecken. Make-up, Zahnpasta und eine Zahnbürste waren ausgepackt und ordentlich neben den hoteleigenen Seifen, dem Shampoo und dem Duschgel aufgereiht. Griessel untersuchte den Kulturbeutel. Fand nichts Besonderes. Verließ das Bad wieder.

Cupido schloss die Schublade eines Nachtschranks. »Nichts«, sagte er. »Nur der Laptop.«

»Klopf, klopf«, ertönte eine Stimme von der Tür her. Sie erkannten sie als die von Jimmy, dem langen Schlacks von der Spurensicherung.

»Wer ist da?«, fragte sein Kollege Arnold – der kleine Dicke – so laut, dass man ihn nicht überhören konnte. Die beiden waren als Dick und Doof bekannt, und zwar schon so lange, dass es längst nicht mehr witzig war.

»Wannsee«, sagte Jimmy.

»Wannsee was?«, fragte Arnold.

»Wann sehen die Falken mal was, was wir nicht sehen?«

Und dann lachten die beiden, als sei das der Witz des Jahres.

...

Um kurz vor sieben rief Griessel Captain John Cloete an, den Pressesprecher der Falken.

»Was könnt ihr mir über die gebleichte Leiche sagen?«, fragte Cloete.

»Die gebleichte Leiche?«

»Ihr Spitzname in den Medien.«

»Sie ist Amerikanerin, John.«

Cloete seufzte. Das bedeutete noch größeres Aufsehen, größere Hysterie. Probleme. »Und sonst noch?«

»Sie ist am Sonntag als Touristin hier angekommen. Wir suchen derzeit nach ihrem Mietwagen«, sagte Griessel und nannte ihm das Kennzeichen. »Sachdienliche Hinweise und so weiter und so fort.«

»Das ist alles?«

»Das ist alles, was ich dir vorerst geben will.«

...

Um 19:27 Uhr liefen Griessel und Cupido durch den Platzregen des ersten Wintersturms in diesem Jahr. Als sie unterwegs zurück in Richtung Bellville waren, rief Bennie Alexa zu Hause an. »Es kann spät werden«, sagte er, als sie sich meldete.

»Was ist passiert?«, fragte sie, fürsorglich wie immer.

»Die gebleichte Leiche.«

»Habe ich mir schon gedacht. Ich habe im Radio gehört, dass ihr den Fall übernommen habt. Hast du schon etwas in Erfahrung gebracht?«

»Nein, noch nichts.«

»Soll ich dir etwas zu essen vorbereiten?«

Alexa Barnard war eine ausgezeichnete Geschäftsfrau und noch immer eine brillante Sängerin. Doch das Kochen gehörte nicht zu ihren Talenten. Sie hatte kein Gefühl dafür. Sie erledigte es häufig, während sie telefonierte oder E-Mails beantwortete, so dass sie sich manchmal nicht erinnern konnte, welche Zutaten sie schon zugefügt hatte. Außerdem war ihr Geschmackssinn dubios. Manchmal probierte sie vorsichtig ein Curry oder eine Suppe, erklärte das Gericht für »perfekt« und sagte dann, nachdem sie das Essen serviert und davon gekostet hatte: »Irgendwas fehlt doch noch. Findest du nicht auch?«

Deswegen antwortete Griessel: »Nein, danke, wir holen uns einfach unterwegs etwas.«

Nachdem er das Gespräch beendet hatte, fragte

Cupido: »Sie weiß noch gar nichts von dem Antrag?«

»Nein.«

»Warst du schon bei der Bank?«

»Ja. Sie müssen es sich noch überlegen.«

»Vielleicht ist das ein Zeichen, Benna.«

Bennie lachte. »Du hast ja nur Angst, dass Desiree von unserer Verlobung erfährt und dich fragt, wann du mal einen Anlauf nimmst.«

»Stimmt«, gab Cupido zu. »Und bei dem Gedanken mache ich mir vor Angst in die Hose.«

...

Lispel Davids wartete im großen Raum des Rechenzentrums der Kripo auf sie. Er war klein und schmal, hatte ein jungenhaftes Gesicht und trug einen buschigen Afro. Früher hatte er stark gelispelt, bevor er sich hatte operieren lassen, aber sein Spitzname war an ihm hängengeblieben.

Cupido reichte ihm das Apple MacBook Pro, auf dessen silberner Oberfläche noch das Fingerabdruckpulver der Spurensicherung zu sehen war.

»Komm zu Papa«, sagte Lispel und durchsuchte seine Kiste mit Kabeln und Ladegeräten nach dem richtigen Anschluss.

Cupido und Griessel setzten sich an den langen

Tisch einander gegenüber. Wie üblich hatten sie auf der Fahrt beide über den Fall nachgedacht und waren jetzt bereit, Theorien auszutauschen. Griessel wusste, dass Cupido anfangen würde.

»So, jetzt mal schön der Reihe nach. Mein Name ist Alicia Lewis, ich bin etwas über vierzig – wie alt war sie noch mal?«

»Dreiundvierzig«, antwortete Griessel.

»Dreiundvierzig. Ich habe grob gerechnet zwanzig Jahre lang in der Kunstbranche gearbeitet, und ich war so schlau, nicht zu heiraten ...« Dabei warf er Griessel einen vielsagenden Blick zu, auf den der jedoch nicht reagierte. »... dadurch konnte ich mein ganzes Geld sparen und nehme jetzt ein Sabbatical ...«

»Sabbat-was?«, fragte Lispel Davids.

»Amen, Bruder. Red nicht dazwischen, wenn sich Erwachsene unterhalten.«

»Erwachsene, dass ich nicht lache«, murmelte Davids.

»Wo waren wir? Also, ich nehme mir ein Sabbatical, und was mache ich dann?«

»Ich hänge einen Monat in London herum und plane meinen ersten Urlaub«, spekulierte Griessel.

»Okay. Und von allen Orten im Universum, aus denen ich wählen kann, entscheide ich mich ausgerechnet für das gute alte Südafrika, genauer gesagt, Kapstadt. Logisch, schließlich ist es die schönste Stadt der Welt im wunderbarsten Land der Welt. So weit, so gut.«

Griessel nickte.

»Und nachdem ich im Hotel eingecheckt habe, frage ich zuallererst am Empfang, wie ich nach Villiersdorp komme.«

»Villiersdorp?«, fragte Lispel Davids, die Augen auf den Bildschirm gerichtet, die Ohren offenbar nicht.

»Klappe, Sergeant«, erwiderte Cupido. »Aber genau das ist der Knackpunkt. Villiersdorp. Wieso ausgerechnet Villiersdorp? Bei allem Respekt gegenüber den Einwohnern von Villiersdorp, aber es ist wirklich nicht das erste Touristenziel, das mir einfallen würde, wenn ich ein Yankee aus London wäre. Oder kapiere ich da irgendetwas nicht, Benna?«

»Nein, genau das frage ich mich auch. Zumal sowohl die Leute in ihrer ehemaligen Firma als auch ihre Londoner Haussitterin glauben, sie wäre noch nie zuvor in Südafrika gewesen.«

»Und dann ist das erste Geschäftsmeeting ein Frühstück mit Opa? Und der erste Ausflug geht nach Villiersdorp? Eigenartig.«

»Stimmt.«

»Wer ist Opa?«, fragte Davids. »Ich habe übrigens eine schlechte Nachricht. Die Dame hat ihren Rechner mit einem Passwort geschützt. Es dauert ein bisschen länger.«

»Opa ist ein alter weißer Knacker, mit dem Miss Alicia Lewis ihr Fünfsternefrühstück geteilt hat, gleich am ersten Morgen, an dem sie am Kap aufgewacht ist.«

»Aua. Hat er bei ihr übernachtet?«, fragte Davids.

»Du bist pervers. Nein, er ist frühmorgens gekommen, frisch und munter und wie aus dem Ei gepellt.«

»Das bedeutet, dass die beiden verabredet waren. Sie muss ihn gekannt haben«, schlussfolgerte Griessel.

»Logisch«, sagte Lispel Davids.

»Und das wiederum bedeutet, dass sie womöglich nicht der schönen Umgebung wegen nach Kapstadt geflogen ist. Sie muss noch andere Pläne gehabt haben, als nur Urlaub zu machen.«

»Nicht unbedingt«, entgegnete Griessel. »Vielleicht ist der Opa ein alter Freund aus der Kunstbranche.«

»Kann sein. Aber warum sollte sie ausgerechnet am Montagmorgen mit ihm frühstücken, an ihrem ersten Urlaubstag, wenn noch zwei entspannte Wochen vor ihr lagen? Kurz bevor sie nach Villiersdorp fuhr und tot wieder auftauchte?«

»Das ist die Frage«, sagte Griessel.

»Und deswegen muss Sergeant Schnarchnase hier ihren Laptop für uns knacken.«

»Hab ich euch jemals enttäuscht?«

Griessels Handy klingelte. Es war Jimmy von der Spusi.

»Ja, Jimmy?«

»*I dare say, old boy, may I speak to captain Griessel?*«, fragte Jimmy mit gekünsteltem britischem Akzent.

»Sie war Amerikanerin, Jimmy. In London hat sie nur gearbeitet«, antwortete Griessel geduldig, da dies die einzige Möglichkeit war, vernünftig mit Dick und Doof zusammenzuarbeiten.

»Oh«, sagte Jimmy ein wenig enttäuscht. »Wir wollten nur Bescheid sagen, dass wir nicht viel Brauchbares gefunden haben. Kein Blut, kein Sperma. Morgen früh nehmen wir die Fingerabdrücke der Putzleute, um festzustellen, ob es unidentifizierte Abdrücke gibt.«

»Danke, Jimmy.«

»*Y'all have a good night, now*«, gab Jimmy in einem übertrieben breiten Amerikanisch zurück.

Lispel Davids lehnte sich in seinem Stuhl zurück, verschränkte die Hände und sagte: »Voilà, Passwort geknackt. Was braucht ihr aus dem Baby?«

ZEHN

»Wir wollen wissen, warum sie ans Kap gekommen ist. Und warum sie nach Villiersdorp wollte«, antwortete Griessel. »Jeden möglichen Hinweis darauf.«

»Ansonsten das Übliche. Check ihre E-Mails, ihren Facebook-Account, ihren Kalender ...«, ergänzte Cupido.

»Verstehe, Captain, verstehe ...«

»Sie hat nicht ... Die Sache mit dem Urlaub ... Was mich am meisten stört, ist das Bleichmittel«, sagte Griessel.

»Ich weiß«, sagte Cupido. »Das ist irgendwie widersprüchlich.«

»Ein großes Wort für einen Polizisten«, bemerkte Davids, während er sich mit dem MacBook beschäftige. »Inwiefern ist die Bleiche widersprüchlich?«

»Wie viele Flaschen davon fährst du im Auto mit dir herum, Lispel?«

»Keine.«

»Genau.«

»Ich kapier's nicht.«

»Also, die Tussi kommt aus England hier an und fährt als Erstes mit einem Mietwagen raus in ein winziges Kuhkaff hundert Kilometer von Kapstadt entfernt ...«

»Vermuten wir«, erwiderte Griessel.

»Oder jedenfalls grob in die Richtung. Und dabei stolpert sie zufällig über einen Typen mit einem Laster voller Chlorbleiche, der vorhat, sie umzubringen? Das soll Zufall sein?«

»Er könnte sie erst entführt und dann die Bleiche gekauft haben«, meinte Lispel.

»Das ist der Knackpunkt«, sagte Griessel. »Das passt nicht zusammen.«

»Und weißt du, warum?«, fragte Cupido. »Das sieht nach einem perfekt organisierten Mörder aus. In so einem Fall ... Okay, man hat das eher bei Serienmördern, aber denkt doch noch mal an die Umstände dieses speziellen Falls – die Art, wie er die Leiche zur Schau gestellt hat, wie in einem Schaufenster, sehr strukturiert. Das riecht irgendwie nach Serienkiller. Damit will ich nicht sagen, dass es einer ist, sondern nur, dass es Parallelen gibt ...«

»Stoff zum Nachdenken«, bemerkte Griessel.

»Genau«, stimmte Cupido zu. »Unter ihnen gibt es organisierte und unorganisierte Mörder und auch eine Mischung aus beiden. Bei diesem hier sieht es so aus: ein Schlag, der sofort tötet, sauber, effizient. Geschäftsmäßig. Sehr gut organisiert. Anschließend wäscht der Täter die Leiche sorgfältig in Bleichmittel. Sehr, sehr gut organisiert. Er nimmt ihre Kleider, ihre Handtasche, ihr Auto, ihr Handy und lässt alles irgendwo verschwinden. Schlau. Organisiert. Stellt die Leiche sorgfältig auf dieser kleinen Mauer an einem hübschen öffentlichen Ort aus. Einem Ort, von dem er weiß, dass sie dort jemand finden wird. Das ist seine Absicht. Wiederum äußerst gut organisiert.«

»Kein Typ, der auf einen spontanen Impuls hin mordet und dann wie wild rumfährt, um Bleichmittel zu besorgen«, stellte Griessel fest.

»Darin liegt der Widerspruch«, bestätigte Cupido.

»Ihr klammert euch an einen Strohhalm«, erwiderte Davids. »Für mich hört sich das nicht so an, als hättet ihr viel in der Hand.«

Griessel nickte. »Stimmt. Und deswegen müssen

wir rausfinden, was sie an dem Montag geplant hatte. Und wer davon wusste.«

»Ich tue, was ich kann«, versprach Sergeant Lispel Davids. »Aber es wird eine Weile dauern. Sie ist nicht über eine App in ihre E-Mails gegangen, sondern über den Browser. Das heißt, wir müssen den Anbieter und dann womöglich ihr Passwort rausfinden.«

...

Sie ließen Davids in Ruhe arbeiten und gingen in Griessels Büro, um ein Bulletin wegen des vermissten Mietwagens an alle Polizeidienststellen rauszuschicken und die Akte des Falls auf den neuesten Stand zu bringen.

Um 22:48 Uhr klingelte Griessels Handy. Eine Nummer aus dem Ausland. »Ich glaube, das ist ihre Freundin«, sagte er und meldete sich auf Englisch: »Captain Griessel?«

»Mein Name ist Caroline Coutts.« Die Anruferin sprach mit starkem schottischem Akzent und vor Trauer erstickter Stimme. »Alicia Lewis war meine beste Freundin.«

...

In Griessels Ohren klang Caroline Coutts nach einer starken Frau. Er fragte sie zunächst, ob er zurückrufen solle, doch sie lehnte beherrscht und dankend ab und bat dann mit zitternder Stimme: »Ich möchte gerne wissen, wie sie gestorben ist.« Er erzählte es ihr in groben Zügen, so taktvoll er konnte. Noch hielt sie die Tränen zurück; sie fragte: »Gibt es Verdächtige?«, und dann: »Haben Sie schon eine Spur?«

Sie weinte auch dann nicht, als sie Griessels Fragen beantwortete. Sie erzählte, Lewis sei eine hochintelligente Frau gewesen, mit einem Magister in Klassischer und Antiker Kunst an der Arizona State University und einem abgeschlossenen Jura-Aufbaustudium in Großbritannien.

»In London hat sie sieben Jahre lang beim Art Loss Register als Recoveries Case Manager gearbeitet.«

»Entschuldigen Sie, aber was ist das Art Loss Register?«

»Es ist eine internationale ... Also, im Wesentlichen ist es die größte private Datenbank für verlorene und gestohlene Kunst auf der ganzen Welt. Sie ... Wenn Ihnen Kunst gestohlen wird, sucht die Firma danach und versucht, sie zurückzugewinnen. Alicia hat sich auf die Fahndung nach Kunstwerken spezialisiert und war sehr gut darin, deswegen hat Recover sie abgeworben.«

»Und dort haben Sie zusammengearbeitet? Bei dieser Firma, Recover?«

»Ja, über zehn Jahre lang.«

»Was macht Recover?«

»Etwas ganz Ähnliches wie ... Um ehrlich zu sein, stehen wir in unmittelbarer Konkurrenz zum Art Loss Register, ebenso wie mehrere andere Unternehmen. Wir führen unsere eigene Datenbank und bieten einen äußerst umfangreichen Service hinsichtlich aller Aspekte der Rückerstattung verlorener oder gestohlener Kunstwerke sowie Sammlerstücke an.«

»Bestimmt ist es eine dumme Frage, Madam, aber nur dass ich es richtig verstehe: Wie kann man ein wertvolles Kunstwerk ›verlieren‹?«

»Das ist eine sehr berechtigte Frage, aber denken Sie nur mal an die Tausenden Familien, die während des Zweiten Weltkriegs Kunstwerke im Wert von Milliarden Dollars verloren haben, weil sie vertrieben oder von den Nazis verfolgt wurden. Hinzu kommen Verluste durch Naturkatastrophen, Kunstdiebstahl, für die Erpressung von Lösegeld entwendete Kunst – es gibt viele Möglichkeiten, wie Kunstwerke verloren gehen können.«

»Und Recover sucht und findet solche Werke?«

»Das ist unser Bestreben, aber es gehört noch mehr dazu. Wir helfen unseren Klienten beispielsweise bei dem Nachweis, dass sie die legalen Eigentümer sind, wir schlichten Streitigkeiten, wir beraten bei möglichen Besitzansprüchen. Und natürlich bieten wir den Rückerstattungsservice, für den Alicia und ich zuständig waren.«

»Was genau hat sie gemacht?«

Griessel wusste, welche unvorhersehbaren Auswirkungen Verlust und Schmerz nach sich ziehen und durch welche unterschiedlichen Erinnerungen sie ausgelöst werden konnten. Daher überraschte es ihn nicht, als Caroline Coutts ausgerechnet in dem Moment anfing zu schluchzen. Er wartete geduldig, versuchte, sie zu beruhigen, ließ sie weinen und wunderte sich über seinen starken Impuls, ihr zu helfen und sie zu trösten.

Schließlich erzählte ihm Caroline Coutts, dass Alicia Lewis und sie den Suchprozess nach verlorenen und gestohlenen Kunstwerken sowie anderen wertvollen Sammlerstücken gemanagt hätten. Dazu hätten sie zunächst Gespräche mit den Klienten geführt und danach alle nötigen Verfahren eingeleitet, um die Stücke aufzuspüren, um sicherzugehen, dass die Ansprüche und Eigentumsrechte des Klienten berechtigt waren, und diese geltend zu machen. Sie hätten sich mit Versicherungen und Justizbehörden in Verbindung gesetzt, manchmal auch mit Privatdetektiven oder den Personen oder Institutionen, in deren Besitz sich das betreffende Kunstwerk zu dem Zeitpunkt befand, und auch mit Museen und Fachleuten, die die Echtheit bestätigen konnten. »Wie der Name schon sagt: Wir sind Recoveries Case Manager, managen also alles, was mit Rückerstattung zu tun hat.«

»Stand Miss Lewis in Kontakt mit Personen in Südafrika?«

»Ich ... Vielleicht. Ich weiß nicht ...« Griessel hörte ihr an, dass sie wieder den Tränen nahe war.

»Soll ich lieber morgen noch einmal anrufen, Madam?«

»Nein. Ich ... Es tut mir leid. Nein, soweit ich mich erinnere, gab es keinen Fall ... Meinen Sie beruflich, ob sie beruflich mit jemandem in Südafrika zu tun hatte?«

»Nicht nur, auch persönlich. Hat sie jemals von einem Bekannten in Südafrika erzählt, in Kapstadt, den sie vielleicht besuchen wollte?«

»Ich ... Nein ... Es tut mir leid.«

»Hat sie davon gesprochen, dass sie einmal in Südafrika Urlaub machen wollte?«

Es herrschte für einen Augenblick Stille in der Leitung. Griessel hörte Caroline Coutts durchatmen, so viele Tausende Kilometer entfernt. Er hörte sie schniefen, sich die Nase putzen, tief Luft holen und sagen: »Nein, Captain, das hat sie nie erwähnt. Wir waren ... Ich bin fast fünfzig Jahre alt und weder naiv noch übertrieben sentimental. Ich glaube, ich bin ziemlich realistisch, was Freundschaften angeht ... oder besser: Beziehungen im Allgemeinen. Wenn ich also sage, dass wir beste Freundinnen waren, übertreibe ich nicht. Es war so eine ... angenehme Freundschaft. Bequem wie ein alter Bademantel, haben wir oft im Scherz gesagt. Gemütlich, warm und weich und vertraut, wenn man ihn brauchte, aber es war auch nicht schlimm, wenn man ihn mal für eine Weile weghängte. Wir hatten keine Forderungen oder Erwartungen aneinander, es war einfach ... locker. Sie hat immer allein gelebt, ich bin seit dreizehn Jahren geschieden. Wir hatten andere Freunde, wir hatten andere Interessen, aber während des letzten Jahrzehnts haben wir uns fast an jedem Arbeitstag gesehen. Zwei-, dreimal die Woche haben wir gemeinsam zu Mittag gegessen, und ich habe wirklich geglaubt, wir hätten keine Geheimnisse voreinander. Wir haben über alles geredet. Absolut alles. Ich dachte immer, das Wertvollste an unserer Freundschaft sei das Vertrauen. Aber dann, Ende Februar ... Nein, ehrlich gesagt war es schon kurz vorher. Ich ... Im Januar hat sich auf einmal etwas verändert. Ich kann nicht genau sagen, was es war, es war nur ... Sie war ... Ich weiß, das klingt dumm, aber es war, als sähe sie mich nicht mehr an, als blicke sie irgendwie ... zu einem Horizont, einem anderen Horizont. Ich habe damals nicht darauf reagiert, wissen Sie, ich dachte, sie hätte vielleicht jemanden kennengelernt, oder ... Wir machen ja alle Phasen durch, und ich ... Aber dann, Ende Februar, kam sie in mein Büro, setzte sich und sagte: Caroline, mir reicht's, ich kündige. Aus heiterem Himmel, ich habe nichts geahnt. Mir war überhaupt nicht klar, dass sie ... dass sie die Nase voll hatte, wie sie es ausgedrückt hat. Nie, nie hatte sie mir gegenüber mit einem Wort erwähnt, dass sie unglücklich war. Ich hatte immer geglaubt, ihr gefiele ihre Arbeit. Jedenfalls fühlte ich mich ein wenig betrogen, als hätte sie mein Vertrauen enttäuscht ... Und so fühle ich mich auch jetzt. Denn am vorletzten Samstag haben wir noch zusammen gebruncht, und sie sagte nur, sie denke darüber nach, für eine Weile wegzugehen, und ich fragte, wohin denn, und sie sagte, vielleicht nach Spanien, sie wüsste es noch nicht genau. Aber mit keinem Wort hat sie Südafrika erwähnt.«

...

Erst gegen halb zwölf fuhr Griessel zurück in die Brownlowstraat in Oranjezicht, schlich so leise wie möglich die Treppe hinauf und duschte im anderen Badezimmer, um Alexa nicht zu stören. Dabei ging ihm die Sache mit Alicia Lewis die ganze Zeit nicht aus dem Kopf.

Er stand gerade nackt im kalten Badezimmer, bereit, unter die Dusche zu gehen, als er eine SMS erhielt. Sie kam von Lispel Davids: *G-mail, kein Autologin. Geh jetzt zzzz.*

Griessel legte das Handy weg, stieg in die Dusche, drehte die Hähne auf und ließ mit dem Wasser die Gedanken fließen. Er sah, wie Alicia Lewis gestorben war. Den vernichtenden Schlag auf ihren Hinterkopf. Gerade noch lebendig, gleich darauf einfach weg. Alle ihre Geheimnisse, ihre neuen Horizonte waren zusammen mit ihr in die Ewigkeit eingegangen.

Ein vernichtender Schlag auf den Hinterkopf.

Man brauchte Platz, um mit einer Eisenstange weit auszuholen. Man musste still stehen, sie musste abgelenkt sein, den Angriff nicht kommen sehen, es musste eine Überraschung für sie sein.

Warum?

Griessel stieg aus der Dusche und trocknete sich ab. Dann schaltete er das Licht aus, ging leise zum Bett, schlüpfte hinein, lauschte dem Regen auf dem Dach. Alexa erwartete ihn, warm und mit offenen Armen. Sie schmiegte sich an ihn und seufzte behaglich. »Lieb dich«, murmelte sie im Halbschlaf. Im Stillen dachte er, dass er sie deswegen heiraten wollte: wegen dieses Nachhausekommens. Denn sie war sein Zuhause.

Aber wie sollte er das Vaughn Cupido erklären? Ohne anschließend wochenlang für seine Sentimentalität verspottet zu werden?

ELF

Samstagmorgen, 6:24 Uhr. Es war noch dunkel, und es herrschte fast kein Verkehr auf der N1. Griessel war auf dem Weg zur Arbeit, als sein Handy klingelte. Eine unbekannte Nummer. Er meldete sich.

»Hallo, Captain, hier ist Sergeant Duba von Somerset-West.«

»Guten Morgen, Sergeant.«

»Morgen, Captain. Ich habe gerade einen Anruf von einem gewissen Professor Wilke erhalten, er hat aus dem Radio erfahren, dass ihr die gebleichte Leiche identifiziert habt, und sagt, er habe am Montagmorgen mit Alicia Lewis gefrühstückt. Da er den Zeitungsartikel von Mittwoch online gelesen hat, den mit meinen Kontaktdaten, hat er mich angerufen. Kann ich dir die Telefonnummer des Professors aufs Handy schicken?«

...

Griessel rief den Professor aus dem Auto heraus an. Er meldete sich mit: »Hallo, hier spricht Professor Marius Wilke«, und Griessel fragte sich, warum es für gewisse Leute so wichtig war, einen Titel zu besitzen und darauf zu pochen. Seinen Dienstgrad benutzte er in der Öffentlichkeit kaum, nur wenn es sich um ein offizielles Gespräch handelte, bei dem es notwendig war.

Diesmal nannte er ihn jedoch absichtlich, sagte: »Hier spricht Captain Bennie Griessel« und fragte den Professor, wo er sich aufhalte, da sie gerne mit ihm über sein Treffen mit Alicia Lewis reden wollten.

»Ich wohne in der Schonenberg-Seniorenresidenz in Somerset-West, aber hören Sie, das Problem ist, dass ich nicht weiß, ob ich mit Ihnen reden kann, ich meine, ob ich mit Ihnen über alles reden darf, worüber Miss Lewis und ich gesprochen haben. Ich muss mich erst vergewissern.«

Griessel brachte im Stillen die hohe, ein wenig heisere Stimme am Telefon mit der energischen kleinen Gestalt in Verbindung, welche die Überwachungskameras im Hotel aufgenommen hatten, und lächelte. Komischer alter Kauz. So einer, den sich Vaughn Cupido nur zu gern vorknöpfen würde.

»Wie meinen Sie das?«

»Ich habe einen Vertrag unterzeichnet, Bennie.« Er nannte ihn beim Vornamen, als wären sie alte Freunde. »Und ich pflege mein Wort zu halten.«

...

Bennie erzählte seinem Kollegen nichts von der Persönlichkeit des Professors. Um kurz nach sieben fuhren sie nach Somerset-West. Die Sonne war noch nicht aufgegangen, und die Berge hinter Gordonsbaai zeichneten sich schwarz vor dem heller werdenden Horizont ab. An der Schonenberg-Seniorenresidenz angekommen, mussten sie an einem Tor halten und sich in ein Register eintragen. Der Torwächter sagte, er würde »den Prof« anrufen und sich erkundigen, ob sie einen Termin hätten.

»Wir sind die Falken, *my broe'*, wir brauchen keinen Termin«, erwiderte Cupido.

»Kann schon sein, *brother*, aber ich mache hier nur meinen Job.« Das war eine Sprache, die Cupido verstand. Er nickte nur, die Wache telefonierte, öffnete das Tor und erklärte ihnen, wie sie fahren mussten. Die Seniorenresidenz bestand aus Reihen adretter kleiner Häuser mit schwarzen Dächern, hellgelben Fassaden und gepflegten Gärten. Zwei

Frauen kamen die Straße entlang, unterwegs zum frühmorgendlichen Nordic Walking, und schwangen dazu übertrieben energisch die Arme.

Griessel blieb vor Wilkes Haus stehen und stieg aus. Die Tür wurde geöffnet, und der kleine Mann kam heraus, professorenhaft gekleidet in ein braunes Tweedsakko, weißes Hemd und graublaue Krawatte. Seine schneeweißen Haare waren noch nass, aber perfekt gekämmt. »Guten Morgen, guten Morgen, die Herren«, begrüßte er sie und hielt Cupido, der ihm am nächsten stand, die Hand hin. »Professor Marius Wilke, freut mich, Sie kennenzulernen, freut mich.« Er war noch kleiner, geschäftiger und energischer, als man auf dem Video gesehen hatte, karikaturenhaft mit seiner großen Nase, der hohen Stimme und der Fröhlichkeit, die er ausstrahlte, den funkelnden Augen, der Lebenslust.

Er schüttelte beiden Ermittlern begeistert die Hand und wiederholte mehrmals ihre Namen und Dienstgrade, vielleicht um sie sich besser zu merken. Dann bat er sie herein. »Kaffee? Ich habe eine Kanne aufgesetzt, Filterkaffee, guter Kaffee, wie trinken Sie ihn?«

Küche, Essecke und Wohnzimmer waren offen angelegt, und die überfüllten Bücherregale an jeder Wand sowie die vielen Fenster schufen eine angenehme Atmosphäre, gemütlich und vornehm zugleich.

Bennie und Vaughn sagten ihm, wie sie ihren Kaffee tranken, der Professor wiederholte es, und während er ihn in der Küche zubereitete, redete er ununterbrochen weiter. Er erzählte ihnen von dem Schock am Morgen, als er im Radio gehört hatte, dass es sich bei der gebleichten Leiche um Alicia Lewis handelte. Er höre sich jeden Tag schon frühmorgens die Nachrichten im Radio an, so war das nun mal, wenn man alt wurde, man schlief nicht mehr so viel. Morgens war er schon vor Sonnenaufgang wach und wartete auf die Sechsuhrnachrichten. Erst da hatte er von der Leiche oben auf dem Sir Lowry's Pass erfahren, später von der Sache mit dem Bleichmittel. Damit rechnete man nicht, man rechnete einfach nicht damit, dass die Ermordete, das Opfer, eine Bekannte sein könnte. Die arme, arme Frau. Und er habe noch am Montagmorgen mit ihr gefrühstückt, es sei ein so angenehmes Frühstück gewesen, sie sei im wahren Leben – also sie war – nun, jedenfalls sei sie so viel netter als in den E-Mails und Telefongesprächen gewesen.

Der Professor kam mit einem Tablett aus der Küche, auf dem dampfende Kaffeebecher und ein Teller Plätzchen standen. »Bedienen Sie sich, greifen Sie zu, Bennie, ich darf doch Bennie sagen? Ich habe vorsichtshalber meinen Anwalt angerufen, nachdem ich mit Ihnen gesprochen hatte, nur um mich noch einmal mit ihm über die Verschwiegenheitsklausel zu beraten, und er meint, ich dürfe natürlich mit Ihnen reden, schließlich ginge es um Ermittlungen in einem Mordfall. Ich hatte ja spontan angerufen, denn in den Krimis im Fernsehen habe ich immer wieder gehört, dass die ersten zweiundsiebzig Stunden nach einem Mord entscheidend für Sie sind, nicht wahr?«

»Was für eine Verschwiegenheitsklausel?«, fragte Cupido.

»Tja, Vaughn, das ist wirklich eine interessante Geschichte. Sehr interessant ...« Marius Wilke sprang plötzlich behände auf und ging hinüber zu einem Bücherregal. »Wissen Sie, ich war mein Leben lang Historiker an der Universität.« Dabei deutete er vage in Richtung Stellenbosch. »In Geschichte natürlich.« Damit nahm er vier dicke Bücher vom Regal, kehrte zurück und hielt sie Cupido hin. »Das hier ist mein Lebenswerk, abgesehen von den akademischen Artikeln natürlich. Dies ist mein Lebenswerk, die Geschichte des Kaps, von 1600 bis 1900 ungefähr, das war meine Lebensaufgabe, meine Leidenschaft, vier Bücher, in sieben Sprachen übersetzt, in sechzehn Ländern erschienen.«

Cupido nahm die Bücher von ihm an, las die Titel und reichte die Folianten an Griessel weiter. »Nachdem ich emeritiert war, vor sieben Jahren, unglaublich, das ist schon sieben Jahre her, ich werde jetzt dreiundsiebzig ...« Dabei setzte sich der Professor wieder ihm gegenüber. »... da habe ich begonnen, die Familiengeschichte der Wilkes zu erforschen, bis weit in die Vergangenheit hinein, denn ich habe ja schließlich die nötigen Kenntnisse, und Sie wissen ja, wie das ist, man unterhält sich darüber, und die Leute sagen, dass sie auch gerne Ahnenforschung betreiben würden, aber weder wüssten sie, wie, noch hätten sie die Zeit dazu. Und dann sagt man: Ich kann Ihnen gerne behilflich sein, denn ich wühle gerne in den Archiven herum, und ehe man sich versieht, hat man eine Firma, und dann bezahlen einen die Leute für seine Recherchedienste, und man erwirbt einen Ruf, und die Sache wird immer größer. Und natürlich, wenn man Professor ist, wenn man publiziert hat und ein Werk vorweisen kann, ist man ein wenig bekannt, die Leute vertrauen einem, denn sie wissen, dass sie gute Qualität erhalten. Sie wissen schon: Wenn ich sage, das hier ist Ihr Stammbaum, dann ist das auch so. Mein Enkel hat eine Website für mich entworfen, und die Aufträge wurden immer mehr. Sie würden nicht glauben, wie beschäftigt ich hier auf meinem Altenteil bin, und ich verdiene sogar sehr gut daran. Ich kann mir die Aufträge aussuchen, das ist ein Privileg, sich aussuchen zu können, welche Projekte man annimmt.«

Der Professor holte Luft und trank einen Schluck Kaffee. Griessel und Cupido sagten kein Wort; instinktiv vermieden sie es, den Elan des Professors zu bremsen. Es war etwas Mitreißendes an der Art und Weise, wie die heisere Stimme, die Nase und die lebendigen Augen in Verbindung mit seinem fast kindlichen Körper Energie erzeugten wie ein Dynamo.

»Nun gut, nun gut«, haspelte Marius Wilke weiter. »Im Juli letzten Jahres erhielt ich also diese E-Mail über meine Website, habe ich schon erwähnt, dass ich eine Website habe? www.yourheritage.co.za, Sie können sie sich gern mal ansehen, mein Enkel hat sie für mich designt. Also, ich erhielt eine E-Mail von Alicia Lewis, in der sie sich erkundigte, ob ich der Autor von ›Good Hope, 1488 to 1806‹ sei. Dabei handelt es sich um die englische Übersetzung meines dritten Buches, einer Geschichte der Kapregion. Ich antwortete, in der Tat, in der Tat, das sei ich, und sie fragte, ob ich inzwischen freiberuflich Nachforschungen betreibe, und ich antwortete, in der Tat, das tue ich. Da hat sie mir einen Vertrag geschickt, und gleich am Anfang ... Moment, ich hole ihn mal, einen Augenblick, er muss auf meinem Schreibtisch liegen, der Vertrag mit der Verschwiegenheitsklausel ...« Schon sprang er wieder auf, ein betagter Kastenteufel in einem braunen Tweedjackett, und verschwand durch die Diele.

»Donald Duck«, flüsterte Vaughn Cupido, und Griessel hätte beinahe laut gelacht, denn die Ähnlichkeit war einfach zu frappierend – die Stimme, die Nase, der wackelnde, energische, angeberische Gang dieses kecken kleinen Kerls, eines Karikatur-Enterichs. Doch dann kehrte er mit einem Dokument in der Hand zurück, und Bennie schluckte sein Lachen hinunter. Der Professor legte den Vertrag auf den Wohnzimmertisch.

Wilke erklärte, dass Alicia Lewis von ihm verlangt habe, zuerst diesen Vertrag zu unterzeichnen, was ihn natürlich sehr neugierig gemacht habe. Wer wäre das nicht geworden, mein guter Vaughn, wenn jemand sagt, es gehe um ein großes

Geheimnis? Ich meine, schließlich bin ich Historiker, Geheimnisse zu entschlüsseln ist mein Beruf, meine Leidenschaft.

Er habe den Vertrag unterzeichnet, und sie habe ihn persönlich angerufen, hier bei sich zu Hause, und zu ihm gesagt, Professor, ich möchte, dass Sie in den Archiven am Kap nach einem Hinweis auf ein Gemälde von Carel Fabritius suchen.

Der Professor verkündete den Namen »Carel Fabritius« wie der Moderator eines Boxkampfs einen Fighter, für den er einen Riesenapplaus erwartet.

Es folgte ein ungemütlicher Augenblick, in dem tödliche Stille herrschte. Die Ermittler reagierten nicht, da sie noch nie von Fabritius gehört hatten.

...

»Von wem?«, fragte Cupido.

»Fabritius«, antwortete der Professor nachdrücklich, aber schon weniger erwartungsvoll.

»Wir wissen nicht, wer das ist«, gestand Griessel.

»Der Distelfink?«, fragte der Professor mit einem Funken Hoffnung.

Sie schüttelten die Köpfe.

»Donna Tartt?«, fragte der Professor, doch seine Stimme verriet, dass er die Antwort kannte.

Ihr Gesichtsausdruck sagte ihm, dass sie noch nie von ihr gehört hatten.

»Aber Sie wissen doch, wer Rembrandt ist?«

»Natürlich«, antwortete Cupido. »Den kennt doch jeder.«

»Nun, Carel Fabritius war ein Schüler Rembrandts, genauer gesagt, war er der einzige Rembrandt-Schüler, der einen echten eigenen Stil entwickelt hat. Wenn man mich fragt, war er der beste von allen.«

»Er ist also schon tot?«

»Ja, natürlich.«

»Okay, Professor, kürzen wir die Sache ab«, sagte Cupido. »Wieso ist es eine so große Sache, dass sie Sie mit dieser Suche beauftragt hat?«

»Nun, erstens existieren weltweit nur noch einige wenige Fabritius-Gemälde, und dass sich eines davon hier am Kap befinden könnte … das war eine phänomenale Nachricht. Und mehr noch: Ich habe in den Archiven gesucht und tatsächlich einen Hinweis gefunden. Eine verlässliche, sehr verlässliche Quelle, die besagt, dass es ein Fabritius-Gemälde gibt, hier am Kap.«

ZWÖLF

»Cool«, bemerkte Vaughn Cupido. »Und wer hat jetzt das Bild?«

»Gysbert van Reenen«, antwortete der Professor.

»Haben Sie seine Adresse?«, fragte Griessel, während er sein Notizbuch aus der Innentasche seines Sakkos zog und hineinzuschreiben begann.

Marius Wilke fing an zu lachen, und es klang so sehr wie das Quaken einer Ente, dass Griessel und Cupido nicht anders konnten, als mitzulachen.

»Ja, ich habe eine Adresse«, sagte Wilke, als er sich beruhigt hatte. »Papenboom in Nuweland. Es gibt nur ein Problem: Sie kommen zwei Jahrhunderte zu spät.«

Fragend sahen sie ihn an.

»Der Hinweis auf ein Fabritius-Gemälde stammt von Louis Michel Thibault aus dem Jahr 1788«, erklärte Wilke.

Wieder runzelten die Ermittler die Stirn.

»Thibault ist derjenige, nach dem der Thibault-Platz in der Stadt benannt ist.«

»Ah«, machte Bennie Griessel.

»Okay«, sagte Vaughn Cupido.

»Thibault war Architekt, ein einflussreicher, talentierter Mann, er hat damals ... Kennen Sie Groot Constantia, das Weingut mit der herrlichen Fassade?«

Die Polizisten nickten.

»Es wird angenommen, dass es Thibaults Entwurf war. Sehr interessanter Mann. Franzose, höchst kultiviert, höchst gelehrt und tapfer noch dazu. Er ist als Soldat ans Kap gekommen, 1783, aber nun gut, nun gut, ich will Ihnen jetzt keine Vorlesung halten. Das Wichtige ist, dass mich Alicia Lewis gebeten hat, nach jedem noch so kleinen Hinweis auf ein Gemälde von Fabritius zu suchen. Ich dachte: Was für eine Zeitverschwendung, aber sie bezahlte in englischen Pfund, und da sagt man natürlich nicht nein, bei dem Wechselkurs. Und wahrhaftig, ich habe etwas gefunden! 1788. Thibault hat für Gysbert van Reenen ein Haus in Papenboom in Nuweland entworfen und gebaut, und Thibault hat in sein Tagebuch geschrieben, er sei bei der Einweihung des Hauses gewesen und habe dort an der Wand ein wundervolles Gemälde gesehen, es sei mit C. Fabritius signiert und auf 1654 datiert gewesen. Unglaublich, oder? Ein Fabritius! Am Kap! Das ist phänomenal.«

Die Polizisten nickten, jedoch ohne rechte Begeisterung.

Griessel blickte von seinem Notizbuch auf. »1788?«

»Ja«, bestätigte Wilke aufgeregt und hingerissen.

»Professor, haben Sie darüber am Montagmorgen beim Frühstück gesprochen? Über etwas, was einer, der schon lange tot ist, vor Hunderten Jahren in sein Tagebuch geschrieben hat?«, fragte Cupido.

»Unter anderem. Ach, wir haben uns so wunderbar unterhalten, sie war eine faszinierende Frau, so interessant! Ich habe ihr eines meiner Bücher mitgebracht, ein signiertes Exemplar, denn schließlich war sie ja eine gute Klientin von mir.«

»Und das war alles?«, fragte Griessel.

»Nein, nicht ganz. Ich wollte wissen, ob sie das Gemälde aufspüren könne und ob sie nach den Personen gesucht habe, deren Namen ich ihr gegeben hatte.«

»Welche Namen?«

»Darum geht es ja, verehrter Bennie, darum

geht es ja. Thibault hatte in seinem Tagebuch vermerkt, dass sich das Fabritius-Gemälde 1788 schon seit mehreren Generationen im Besitz der Familie van Reenen befand. Über hundert Jahre lang. Der alte van Reenen hatte es ihm erzählt; es ging immer auf den ältesten Sohn über. Das stand alles in meinem Bericht an Alicia Lewis. Daraufhin bat sie mich praktisch unverzüglich, einen Stammbaum der Familie van Reenen anzufertigen. Ich solle versuchen, die Nachfahren Gysbert van Reenens aufzuspüren. Und warum wollte sie das wohl, mein lieber Vaughn? Warum? Weil sie herausfinden wollte, wo sich das Gemälde heute befindet, da bin ich ganz sicher.«

»Und wer hat das Gemälde jetzt?«, fragte Cupido ungeduldig, denn seiner Meinung nach hätte Donald Duck schon längst auf den Punkt kommen können.

»Ich weiß nicht«, sagte Professor Marius Wilke. »Das Problem besteht darin, dass eine Erbfolge nicht immer gerade verläuft. Manchmal stirbt der älteste Sohn vor den Eltern, oder es gibt keinen Sohn in der väterlichen Linie, dadurch kann einiges durcheinandergeraten. Ich hatte Alicia neun Namen von Personen genannt, die als Erben infrage kämen, Personen, die heute leben, direkte Nachkommen des alten Gysbert van Reenen, die das Gemälde möglicherweise geerbt haben könnten. Vorausgesetzt natürlich, es wurde nie verkauft.«

»Und dann?«

»Sie bedankte sich und zahlte mir mein Honorar. Und ich sagte zu ihr, wenn sie je nach Südafrika käme, solle sie mir Bescheid geben, dann würde ich ihr eines meiner Bücher schenken, natürlich signiert, denn sie war meine beste Klientin und war nicht knauserig. Anschließend hörte ich monatelang nichts von ihr, und dann erhielt ich letzte Woche eine E-Mail, und sie lud mich in dieses wunderbare Hotel zum Frühstück ein.«

»Und, hat Alicia Lewis Ihnen gesagt, wer das Gemälde inzwischen besitzt?«

Der Professor zog ein langes Gesicht. »Nein. Das war eine große Enttäuschung für mich. Sie sagte, es scheine, als sei das Gemälde ... als sei es verloren gegangen.«

Griessel und Cupido verarbeiteten diese Information.

»Und das war es?«

»Na ja, ansonsten haben wir uns ausgezeichnet unterhalten, über Kunst und Geschichte. Sie ist eine höchst intelligente Frau, belesen, weit gereist und äußerst kultiviert. Äußerst kultiviert.«

»Und dann?«

»Dann bin ich nach Hause gefahren und habe weitergearbeitet. Und dann habe ich heute Morgen im Radio von ihrem Tod erfahren.«

Auch diese Information verarbeiteten sie voller Enttäuschung.

»Hat Alicia Lewis gesagt, wo sie an dem betreffenden Montag hinfahren wollte? Oder mit wem sie sich treffen wollte?«

»Nein, soweit ich mich erinnere, nicht. Sie hat gesagt, sie wolle das Kap ein wenig erkunden und mein Buch würde das zu einem ganz besonderen Erlebnis machen.«

»Hat sie irgendetwas über Villiersdorp gesagt?«

»Villiersdorp?«

»Genau.«

Der Professor dachte einen Augenblick lang nach. »Nein. Das hat sie nicht erwähnt.«

»Hat sie etwas von anderen Terminen gesagt, von Personen, die sie in Südafrika kannte?«

»Nein. Nichts.«

Griessel stand unwillig auf. Er hatte sich mehr erhofft. Dann fiel ihm noch etwas ein: »Wohnt vielleicht eine der Personen, dieser neun, deren Namen Sie ihr genannt hatten, in Villiersdorp?«

»Mein lieber Bennie, ich verstehe nicht recht.

Sie hat mich nur nach den Namen, den vollen Namen, gefragt und den Ausweisnummern, sofern ich sie bekommen konnte. Ich habe nicht … Ich habe keine Erfahrung darin, Personen ausfindig zu machen, Adressen und so weiter. Ich fahre nicht einmal mehr Auto.«

»Können wir die Namen trotzdem bekommen?«

Der Professor nahm die Mappe von Wohnzimmertisch und reichte sie Griessel. »Da ist alles drin«, erklärte er. »Der Vertrag, die Verschwiegenheitsklausel und die Namen. Natürlich kann ich Ihnen auch das Recherchematerial besorgen.«

Griessel nahm die Mappe, und Cupido stand ebenfalls auf. »Professor, was schätzen Sie, was ein Fabrizitus heute wert wäre?«, fragte er.

»Fabritius«, verbessert Wilke.

»Meine ich doch.«

»Genau das habe ich Miss Lewis auch gefragt. Sie erklärte, es hänge natürlich von dem Zustand ab, in dem er sich befinde, und ob er wirklich echt sei. Sie sagte, es sei praktisch unmöglich, ihm einen Wert zuzuweisen, er sei unbezahlbar, so hat sie sich ausgedrückt. Ich bat sie, sich vorzustellen, ein solches Werk käme zur Auktion, bei Christie's, was es dann einbringen könne. Da sagte sie, mindestens fünfzig Millionen.«

»Wow!«, sagte Griessel.

»Dollar«, fügte der Professor hinzu.

»Ach du Scheiße«, entfuhr es Cupido.

»Aber eher mit der Tendenz zu hundert Millionen.«

»Jissis«, ächzten Griessel und Cupido im Chor.

...

Der Professor begleitete sie zu ihrem Auto und fragte: »Meinen Sie, dass Sie diejenigen erwischen, die Miss Lewis ...«? Wieder deutete er in Richtung der Berge und des Passes.

»Wir geben uns größte Mühe, Professor.«

»Sie müssen sich beeilen, mein lieber Bennie, Sie müssen sich beeilen. Bevor jemand dieses Gemälde außer Landes schmuggelt.«

...

Auf dem Weg zurück zum Präsidium über die N2 und dann die R300 schwiegen sie zunächst und dachten über das nach, was sie erfahren hatten.

Endlich sagte Griessel resigniert: »Komische alte Welt ...«

»Absolut«, pflichtete Cupido ihm bei. »Hundert Millionen Dollar ...«

»Ein Vierteljahrhundert in der SAPD, und ich

kann nicht mal die 22 000 Rand für einen Verlobungsring zusammenkratzen, nicht mal wenn ich meinen Bass und meinen Verstärker verkaufen würde. Und andererseits gibt es Typen, die solche Summen für ein Gemälde aufbringen können.«

»Ein Bild, Benna. Dieses Gemälde ist einfach nur ein Bild. Ein paar Pinselstriche, ein Pott Farbe. Von einem toten Holländer.«

»Hundert Millionen Dollar!«

»Anderthalb Milliarden Rand. Das ist einfach nur obszön.« Dann fragte Cupido auf einmal entsetzt: »Das machst du doch nicht, oder, Benna?«

»Was?«

»Deinen Bass verkaufen.«

»Nein. Das kann ich mir nicht leisten, denn dann verliere ich die tausendzweihundert, die ich an den Wochenenden durch die Auftritte mit der Band verdiene. Ich dachte, wenn ich das Geld vielleicht sparen würde, könnte ich in fünf Monaten den Ring bar bezahlen.«

Cupido seufzte. Das Leben war zutiefst ungerecht.

DREIZEHN

Sie nahmen die Abzweigung Strandstraat. Der Samstagmorgenverkehr war erwacht, und der Parkplatz vor dem Outlet bei Access City war jetzt schon proppenvoll.

In Höhe des Stikland-Friedhofs sagte Griessel: »Eine Sache lässt mich einfach nicht mehr los ...«

»Was denn?«

Griessel brauchte einen Augenblick, um seine Gedanken zu sortieren. »Im Dezernat für Gewaltverbrechen, einer meiner ersten Fälle ... Das ist jetzt fast zwanzig Jahre her, als wir noch in Bellville-Süd saßen ... Jedenfalls habe ich an einem Mordfall gearbeitet; die Leiche eines Profibetrügers namens Volmink wurde im President-Hotel in Parow gefunden, mit drei oder vier Stichwunden. Damals habe ich zum ersten Mal von dem Schatzkartenbetrug gehört. Dabei ging es um eine gefälschte, angeblich antike Karte, die zu einem bedeutenden Schatz führen sollte.«

Cupido nickte und sagte: »X markiert die Stelle.«

»Stimmt. Volmink hatte sich dieses Tricks bedient. Er hatte das Märchen von dem alten englischen Schiff verbreitet, das, mit Gold beladen, vor der Westküste gesunken sei. Einen Schweinezüchter in Kraaifontein hatte er fast schon so weit gebracht, in die Expedition zu investieren. Doch dann soff und redete Volmink am Abend zu viel in der Bar des Hotels. Einer seiner Saufkumpanen glaubte, die Karte sei echt, und klopfte mit einem Messer in der Hand an seine Tür.«

»Glaubst du etwa, die Geschichte von Professor Donald Duck ist ein Schatzkartenbetrug?«

»Ich ... Nein ... Es ist nur so ein Gefühl, Vaughn. Hundert Millionen Dollar? Das klingt irgendwie erfunden. Für das Bild von einem Typen, von dem ich noch nie gehört habe? Und dann diese Zufälle ... Wie hat Professor Duck gesagt? Es gibt nur noch ganz wenige Gemälde von dem Maler auf der ganzen Welt. Wie hoch ist die Wahrscheinlichkeit, dass eines davon sich ausgerechnet in Südafrika befindet? Ich meine ...«

»Verstehe. Glaubst du, dass Donald bei dem Betrug mit drinsteckt?«

»Nein. Aber damals bei dem Volmink-Fall ... Die Betrüger bezeichnen das erste Stadium eines Betrugs als Fundament. Sie bilden damit die Basis, die ihnen Glaubwürdigkeit verleiht. Volmink hatte eine echte antike Karte gekauft, irgendwo auf einer Auktion, die Karte war wirklich alt. Das war ein Teil seines Fundaments. Der Schwindel klappt besser, wenn man etwas Echtes vorweisen kann. Vielleicht hat Alicia Lewis Professor Duck deswegen beauftragt, weil er der Sache Authentizität verlieh, ohne dass er es wusste. Er sollte ihr konkrete historische Hintergründe verschaffen. Vielleicht wusste sie von dem alten Hinweis, oder sie wollte nur, dass er ... Keine Ahnung ...« Plötzlich zweifelte Griessel an seiner ganzen Theorie.

»Doch, Benna, du könntest recht haben. Die Frau arbeitet für eine große Kunst-Rückerstattungsfirma. Sie erlebt jeden Tag, wie diese irren Preise für Bilder bezahlt werden, und denkt sich, diese reichen Säcke sind alle so gierig, so verblendet, dann erschaffen wir doch mal diesen Mythos von einem Gemälde, das hundert Millionen Dollar wert ist.«

»Und dann glaubte jemand, dass es wirklich existiert ...«

»Genau.«

»Aber wenn man glaubt, dass es das Gemälde wirklich gibt und dass Lewis weiß, wo es ist: Warum sollte man sie dann mit einem kräftigen Hieb erschlagen und ihre Leiche oben auf dem Pass drapieren?«

»Scheiße ...«

...

Sie beschlossen, noch einmal Carolineine Coutts in London anzurufen und sich bei ihr behutsam über mögliche Betrügereien zu erkundigen. Sie saßen in Griessels Büro und hörten beide zu. Als Coutts sich meldete, klang sie noch verschlafen, und Griessel wurde klar, dass er schon wieder nicht an die Zeitverschiebung gedacht hatte. Er bat mehrmals um Entschuldigung, doch sie wehrte ab und sagte, sie stehe normalerweise viel früher auf. Die Nachricht vom Tod ihrer Freundin habe ihr allerdings starke Schlafstörungen verursacht.

Griessel stellte ihr Cupido telefonisch vor. Dann sagte er, sie hätten neue Informationen in dem Fall und würden gern ihre Meinung dazu hören, könnten aber gerne zurückrufen, wenn es gerade ungünstig sei.

Nein, erwiderte Caroline Coutts, sie wolle gerne helfen. Sie wolle Klarheit haben. Denn die Geheimnisse, die Alicia offensichtlich vor ihr gehabt hätte, trügen mit dazu bei, sie nachts wach zu halten.

Sie erzählten ihr beide abwechselnd von den Ereignissen dieses Morgens. Manchmal mussten sie fragen, ob sie noch da wäre, und dann sagte sie nur: »Ja.«

Nachdem sie ihr alles von ihrem Besuch bei Professor Marius Wilke berichtet hatten, herrschte Totenstille in der Leitung.

»Sind Sie noch da?«, horchte Cupido nach.

»Ja.«

Sie warteten. Caroline Coutts sagte nichts. Cupido konnte nicht gut mit Schweigen umgehen und brach es, indem er ihr möglichst taktvoll von ihrer Theorie erzählte, es könne sich um Betrug handeln, genauer gesagt, eine Version des Schatzkartentricks.

»Auf gar keinen Fall!«, erwiderte sie mit absoluter Gewissheit. Dann fing sie an zu weinen, bat um Entschuldigung, konnte aber nicht aufhören. »Einen Augenblick«, schniefte sie. Sie hörten, wie sie irgendwo in einem Schlafzimmer in London das Telefon hinlegte. Es blieb kurz still, Coutts schnäuzte sich einmal, zweimal, und es raschelte, als sie wieder zum Telefon griff und erneut um Entschuldigung bat.

Dann sagte sie: »Für mich ist das eine große Erleichterung. In gewisser Weise jedenfalls. Wenigstens weiß ich jetzt, womit Alicia sich beschäftigt hat. Wenn sie geglaubt hat, es gäbe den Fabritius wirklich, dann ist die Wahrscheinlichkeit sehr hoch, dass er tatsächlich existiert. Wissen Sie, diese Periode, diese Maler, die Künstler des Barocks und des niederländischen Goldenen Zeitalters ... Alicia war darin eine der wenigen echten Expertinnen weltweit. Besonders für verloren gegangene Werke. Und ... Wissen Sie, es ist so, dass ihre Beziehung zur Kunst ... Sie hätte nie ... Ich glaube einfach nicht, dass sie so etwas getan hätte. Ich weiß nicht, Captain, vielleicht habe ich sie nicht so gut gekannt, wie ich meinte, aber mein Bauchgefühl sagt mir, dass das definitiv kein Schwindel war.«

Cupido konnte sich nicht mehr zurückhalten und fragte Caroline Coutts, ob es tatsächlich noch vorkomme, dass alte, wertvolle Gemälde einfach irgendwo gefunden würden.

Caroline Coutts stieß einen leisen Laut aus, sagte »Oh, ja« und erzählte ihnen von dem verlorenen Gauguin-Stillleben, das vor nicht mal einem Jahr im amerikanischen Connecticut entdeckt worden war. »Es wurde für über eine Million Dollar verkauft.«

»Aber das ist ja genau der Punkt, Madam«, sagte Cupido. »Der Professor hat uns erzählt, dass der Fabritius hundert Millionen Dollar einbringen könnte. Das ist doch lächerlich!«

Keineswegs, erwiderte Coutts. Ein Franzose habe 2014 auf dem Speicher seines alten Landhauses etwas außerhalb von Toulouse eine kaputte Wasserleitung reparieren wollen und sei dabei auf ein Gemälde gestoßen, das im April 2016 als ein Meisterwerk des italienischen Malers Caravaggio identifiziert worden sei. Die gesamte Kunstbranche erwarte, dass es für über hundertzwanzig Millionen Dollar verkauft werden würde. »Gauguins Bild von zwei tahitianischen Mädchen hat 2015 dreihundert Millionen Dollar eingebracht«, fuhr sie fort. »›Die Kartenspieler‹ von Paul Cézanne sind für knapp 280 Millionen über den Tisch gegangen und Picassos ›Die Frauen von Algier‹ für 179 Millionen.«

»Jissis!«, stieß Cupido hervor.

»Dieser Franzose, der das Gemälde auf dem Speicher gefunden hat – wer bekommt das Geld, nachdem das Gemälde verkauft wurde?«, fragte Griessel.

»Der Franzose«, erklärte Caroline Coutts. »Ich weiß, die Geschichten mit dem verborgenen Vermögen auf dem Speicher klingen wie ein Schwindel, wie ein Märchen. Aber es kommt vor. Und zwar häufiger, als Sie denken. Haben Sie von dem Kunstfund in München gehört?«

»Nein«, antworteten sie im Chor.

»Im Februar 2012 fand die deutsche Polizei über 1300 vermeintlich verloren gegangene Kunstwerke in einer Münchner Wohnung, darunter Werke von Monet, Renoir und Matisse.«

Einige der Namen kamen ihnen bekannt vor. »Cool«, sagte Cupido, dann klingelte sein Handy. Er sah, dass es Sergeant Lispel Davids war, bat um Entschuldigung und schaltete sein Telefon auf stumm.

Es war, als habe Coutts die Unterbrechung nicht gehört. Sie fuhr fort: »Ich könnte mir Folgendes vorstellen … Vielleicht, dass Alicia … Sie muss irgendetwas von diesem Gemälde erfahren haben, etwas über den Fabritius. So etwas wie einen … Hinweis. Und dann hat sie sich wie eine Detektivin … Wissen Sie, in gewisser Weise sind auch wir Ermittlerinnen. Wir suchen nach Spuren und sammeln Beweise. Oft schicken wir andere Leute vor, um sie zu untersuchen, aber … Ja, ich glaube, sie ist auf irgendeine Spur gestoßen, und zwar eine glaubhafte. Glaubhaft genug für sie, um … Wissen Sie, sie redete nicht gerne darüber, aber ihre Schwester … Alicias Mutter lebt in den USA. Sie leidet jetzt schon seit einer ganzen Weile unter Demenz, und ihre Schwester ist eine … Na ja, sagen wir, eine etwas leichtsinnige Person. Arbeitsscheu, wenn ich recht verstanden habe. Daher hat Alicia ihre Mutter finanziell unterstützt, und Sie wissen ja, dass medizinische Versorgung, besonders Pflege, sehr kostspielig ist. Ich könnte mir höchstens vorstellen, dass Alicia eine Möglichkeit sah, etwas auf einer … persönlichen Ebene zu verfolgen … Etwas, womit sich viel Geld hätte verdienen lassen. Ehrlich gesagt bin ich auch schon in Versuchung geraten, vermutlich kann sich in unserer Branche keiner davon freisprechen. Vielleicht hatte sie ja auch finanzielle Schwierigkeiten …«

»Sie glauben also, dass es ihn wirklich gibt?«
»Den Fabritius? Ich bin mir ganz sicher.«
»Warum?«
»Weil Alicia eine der drei international renommiertesten Expertinnen für diese Ära war. Und sie war skeptisch und klug und nicht leicht zu täuschen.«

…

Sie gingen hinüber zu Lispel Davids ins Rechenzentrum. Als sie eintraten, sagte der Sergeant: »Die schlechte Nachricht ist, dass ich Alicia Lewis'

E-Mails nicht öffnen kann. Wenn wir ihr Handy hätten … Auf dem Laptop kann ich sie einfach nicht knacken, Cappi, sie hat irgendein superkompliziertes Passwort benutzt. Ich werde ein paar Tage brauchen.«

»Mist«, fluchte Cupido. »Und die gute Nachricht? Sag mir bitte, dass es auch irgendeine gute Nachricht gibt.«

»Ich weiß, mit wem sie am Montagmorgen gefrühstückt hat«, antwortete Lispel äußerst selbstzufrieden.

»Professor Marius Wilke?«

»Verdammt, woher wusstest du das?«

»Wir ermitteln, Lispel, das ist unser Job. Woher hast du es gewusst?«

»Es stand in ihrem Kalender, und die E-Mail, die Telefonnummer und Internetadresse des Professors waren in ihren Kontakten. Dann wisst ihr also auch schon von dem Privatdetektiv?«

»Nein, welchem Privatdetektiv?«

»Ja, habt ihr denn nicht ermittelt, Cappi?«

»Was für ein Privatdetektiv, Sergeant?«

»Einer aus Claremont.«

»Claremont? Unser Claremont? Südliche Vorstädte?«

»Richtig, Captain. Unser Claremont.«

»Wie heißt er?«

»Billy de Palma.«

Cupido stieß einen merkwürdigen Laut aus, und Griessel konnte zusehen, wie sein Gesicht erstarrte und plötzlich blass wurde.

»Kennst du ihn?«, fragte er.

»Verdammt, Benna«, sagte Cupido mit leiser Stimme und, mit einem Blick zu Davids: »Sag mir, dass das ein Witz ist.«

»Ich beliebe nicht zu scherzen. Schau dir das mal an«, erwiderte Davids und deutete auf das MacBook. Die Ermittler kamen näher. Davids deutete mit dem Finger auf den Bildschirm. In Alicia Lewis' Kontaktliste stand der Eintrag »Billy de Palma Privatermittlungen«, gefolgt von Webadresse, E-Mail und Handynummer.

»Wer ist Billy de Palma?«, fragte Griessel.

Cupido wirkte ganz verstört. »Wie hast du ihn gefunden?«, fragte er, an Davids gewandt.

»Ich kann auch ermitteln, Cappi«, erwiderte er. »Ich habe einfach nur die Kontaktliste nach südafrikanischen E-Mail-Adressen und Telefonnummern durchsucht, und da ist er aufgetaucht. Billy de Palma. Und der Professor, natürlich. Sie hat nur diese beiden Südafrikaner gespeichert, soweit ich bisher sehen kann.«

»Billy de Palma, ausgerechnet«, sagte Cupido, die Hände auf den Rand des Schreibtischs gestützt, die Knöchel weiß.

»Wer ist Billy de Palma?«, fragte Griessel erneut, sehr geduldig, aber bestimmt.

»Er ist derjenige, der Alicia Lewis getötet hat, Benna«, antwortete Cupido. Er ging zur Tür, hielt inne und kehrte noch einmal zurück. »Er ist ein beschissener Psychopath. Wir müssen zu Majorin Mbali, und zwar sofort.«

VIERZEHN

Griessel hielt Cupido zurück und beruhigte ihn erst mal. Dann fragte er noch einmal: »Also, wer ist der Kerl?«

»Kann sein, dass du ihn sogar kennst, Benna, denn Billy de Palma ist nicht sein richtiger Name. So hat er nur seine Firma genannt: Billy de Palma Privatermittlungen. Alles Tarnung. Kannst du dich an das hohe Tier vom ANC erinnern, den früheren Vizepremier des Westkaps, den sie vor sieben, acht Jahren mit Alkohol am Steuer erwischt haben, der, der fast das Testgerät zum Platzen gebracht hat, so viel Promille hatte er? Hat einen Porsche Cayenne gefahren, hatte eine steile Karriere hingelegt ...«

»Tony irgendwas ...«

»Genau. Tony Dimaza. Weißt du noch, dass damals die Beweise für die Trunkenheitsfahrt verloren gegangen sind, hier bei der SAPS-Dienststelle in Kapstadt?«

»Ja, mir dämmert da irgendwas.« Es war zu der Zeit gewesen, in der Griessel auch meistens besoffen gewesen war.

»Alles hat damals auf einen Kollegen namens Martin Fillis hingewiesen, hast du schon mal von ihm gehört?«

»Kommt mir bekannt vor.«

»Martin Reginald Fillis. Ein gerissener Hund. Ein Stück Scheiße. Narzisstisch, durchgeknallt, ein richtiges Arschloch. Ich kenne ihn schon ewig, ich war noch ein Anfänger im Drogendezernat, und er war mein Vorgesetzter, damals schon Inspektor. Ich konnte ihn von Anfang an nicht leiden. Gruselig, ich weiß nicht, er hat solche Augen, Benna, da ist gar kein Leben drin. Alle haben mich gewarnt, ich solle ihm nicht in die Quere kommen, er sei gefährlich, er war so eine Art Martial-Arts-Experte, der am Wochenende in einem Käfig gekämpft hat. Wie dem auch sei, jedenfalls ist damals eine Prostituierte aus Seepunt in die Wache gekommen, um Anzeige zu erstatten, sie war am ganzen Körper grün und blau, irgendein kranker Scheißkerl hatte sie geschlagen, und sie sagte, es sei Fillis gewesen, der sie so zugerichtet habe, weil sie ihn nicht umsonst bedienen wollte. Wie kann man eine arme Frau nur so verprügeln?« Griessel sah Cupido an, wie sehr ihm die Erinnerung zu schaffen machte, doch dann schüttelte er sie ab und sagte: »Jedenfalls hatte Fillis damals ein Alibi, einer von seinen Kumpeln schwor hoch und heilig, sie wären zusammen gewesen. Es geschah also nichts, aber viele von uns wussten, dass er es gewesen war. Dann, ein paar Jahre später, war Fillis als Detective am Caledonplein stationiert, und dann passierte die Sache mit Tony Dimaza. Die Beweise für seine Trunkenheitsfahrt waren einfach verschwunden. Fillis war der Hauptverdächtige. Jemand hatte ihn in dem Raum gesehen, wo die Beweise gelagert wurden, und er konnte nicht erklären, woher die Überweisung von zwanzigtausend Rand auf sein Konto stammte. Sein Handy bewies, dass er zwei Tage vor dem Verschwinden der Beweise einen Anruf von Dimaza erhalten hatte. Daraufhin wurde gegen ihn ermittelt und ein Disziplinarverfahren eingeleitet. Ich glaube, dass der Service ihn endlich loswerden wollte, und da er wusste, dass er aus der Sache nicht rauskommen würde, hat er allen die Peinlichkeit erspart und von sich aus gekündigt. Er hat sich dann als Privatdetektiv selbstständig gemacht, und da er sich für seinen absolut ehrbaren farbigen Nachnamen schämte und Angst hatte, dass sein Ruf als korrupter Cop ihn einholen würde, und sicher auch um schick und weiß und kontinental zu klingen, hat er seine Firma Billy de Palma Privatermittlungen genannt. Hier am Kap bekam er keine Lizenz; es heißt, er musste sich eine im Freestate besorgen, bei seinen korrupten Politikerkumpeln.«

»Verstanden«, sagte Griessel. »Aber wie kannst du so sicher sein, dass er Alicia Lewis ermordet hat?«

»Erstens: ein einziger Schlag mit einem Stahlrohr, Benna. Ein heftiger Schlag. Dazu braucht man einen großen Typen, einen, der stark und schnell ist. Einen Typen, der zuschlagen kann, weil er in Kampfkunst erfahren ist. Zweitens: Leiche mit Bleichmittel gewaschen. Das beweist, dass es jemand gewesen sein muss, der Ahnung von Forensik hat, von DNA, Blut und Chemikalien. Wie jemand, der mal Ermittler bei der SAPS war. Drittens: Sein Name befindet sich in Alicia Lewis' Kontakten. Der einzige Privatdetektiv auf dem Kontinent, dem diese Ehre zufällt. Viertens: Was tut man, wenn man von Professor Donald Duck neun Namen von möglichen Besitzern eines sehr wertvollen Gemäldes erhält, aber selbst in London sitzt? Wie will man diese neun Personen aufspüren? Indem man einen Privatdetektiv engagiert. Du googelst, kontaktierst den Erstbesten, der einen guten Ruf zu haben scheint, und beauftragst ihn damit, diese Leute zu finden. Und das hat er getan. Er hat die neun für Lewis aufgespürt und den mit dem Gemälde herausgepickt, und deswegen hat sie ihren Job gekündigt und ist ans Kap gekommen. Fünftens: Ich sage dir, wenn Martin Fillis die Möglichkeit hatte, sich dieses Gemälde unter den Nagel zu reißen, hat er nicht eine Sekunde lang gezögert. Er hat sie kaltblütig ermordet, und er wird versuchen, das Gemälde zu verkaufen. Ich habe diesem Mann in die Augen geschaut, und ich schwöre dir, er ist ein Mörder. Aber jetzt kommen wir zu sechstens, Benna, und das ist für mich das Ausschlaggebende. Was hat Professor Donald Duck getan in dem Moment, als ihm klar wurde, dass Alicia Lewis ermordet worden war? Er hat das getan, was jeder normale, unschuldige, aufrechte Bürger tun würde. Er hat uns angerufen. Und Martin Fillis? Erzähl mir nicht, er wüsste nichts von dem Mord. Überall wird darüber berichtet, im Fernsehen, im Radio und im Internet, es steht auf den Plakaten an den Laternenpfählen, auf den Titelseiten aller Zeitungen, es stand auf dem Titelblatt von *Die Son*, verdammt. Und ich garantiere dir, dass Martin Fillis jeden Tag *Die Son* liest. Und daher wissen wir, dass er unser Mann ist, Benna. Komm, wir müssen zu Majorin Mbali fahren, denn mit diesem Psycho müssen wir sehr vorsichtig umgehen. Er kennt alle Tricks unseres Gewerbes, und er hatte seit Montag viel Zeit, um seine Spuren zu verwischen. Wahrscheinlich hat er längst für juristische Rückendeckung und ein Alibi gesorgt. Wir werden jede Hilfe brauchen, die wir bekommen können.«

...

Obwohl Griessel lange nicht so sicher war wie Cupido, erledigten sie ihre Hausaufgaben, diskutierten über ihre Theorie und schmiedeten Pläne.

Und mittendrin rief John Cloete an und informierte Bennie, dass vor einer halben Stunde ein Artikel auf der Internetseite des *Guardian* in Großbritannien erschienen sei, in dem Alicia Lewis als eine der wichtigsten internationalen Kunstfachleute für Manierismus, Barock und Rokoko bezeichnet wurde. Der Artikel thematisiere außerdem Lewis' überstürzte Kündigung bei Recover und werfe die Frage auf, warum sie so bald nach ihrer Kündigung ins »gefährliche Südafrika« gereist sei.

»Jetzt hagelt es Kommentare aus der ganzen Welt, Bennie. Habt ihr schon irgendetwas?«

»Die Ermittlungen befinden sich in einem sensiblen Stadium«, antwortete Griessel.

Cloete seufzte. Er war der langmütigste Mensch, den Bennie kannte.

...

Sie kündigten sich telefonisch an und fuhren hinaus nach Oakglen in Bellville, wo Mbali Kaleni in einem Stadthaus wohnte. Sie empfing sie am Gartentor. Sie trug dicke Gartenhandschuhe, einen breitkrempigen Hut und eine Sonnenbrille und roch nach frischer Erde und Parfüm. »Ich pflanze gerade einen Kohlbaum«, erklärte sie.

Unter normalen Umständen hätte man Cupido deutlich angesehen, ob ihn das amüsierte oder befremdete, je nach Laune, denn Griessel vermutete, dass sich keiner von ihnen ihre Zulu-Vorgesetzte je als engagierte – und übertrieben ausstaffierte – Gärtnerin an einem Samstagmorgen vorgestellt hätte. Aber Vaughn sagte sehr ernsthaft: »Danke, dass Sie sich Zeit für uns nehmen, Majorin. Wir haben unseren Mann, aber wir brauchen Ihre Hilfe.«

Sie bat sie herein und bot ihnen grünen Tee und

Eiswasser mit Gurke und Zitrone an. Doch sie lehnten dankend ab.

Cupido erzählte alles, was sie wussten. Mbali Kaleni hörte aufmerksam zu, und als er geendet hatte, sah sie ihn mit ihrem berühmten Stirnrunzeln an und fragte: »Aber warum hätte Lewis ausgerechnet ihn beauftragen sollen, diesen Fillis?«

»Das haben wir uns auch gefragt, Majorin«, sagte Cupido. »Deswegen haben wir einen Test durchgeführt. Wir haben bei Google ›Kapstadt Privatdetektei‹ eingegeben, und seine Agentur, Billy de Palma Privatermittlungen, stand ganz oben auf der Liste der Suchergebnisse neben einem grünen Werbelogo. Sergeant Davids hat uns erklärt, dass Fillis die Schlagworte von Google gekauft hat, das nennt man AdWords. Und wir haben uns auch seine Website angesehen. Sehr professionell. Ein Foto von ihm zeigt ihn als großen, breiten, sehr gut aussehenden Mann, und damit führt er viele Leute hinters Licht – auf Fotos sieht er vertrauenerweckend aus. Auf der Website heißt es außerdem, dass er früher Inspektor bei der SAPS war. Lewis muss geglaubt haben, er wäre genau der richtige Mann für den Job.«

»Verstehe«, sagte Kaleni. »Okay. Und was wollen Sie jetzt von mir?«

»Er ist gerissen und klug, deswegen wollen wir ihn mit einer vollen Breitseite erwischen, Majorin. Wir wollen nicht, dass er weiß, dass wir kommen. Wir wollen ihn zum Verhör mitnehmen, aber so, dass ihm nicht erlaubt wird, seinen Anwalt hinzuzuziehen. Wir werden Verstärkung brauchen, weil er gewalttätig und sehr groß und kräftig ist. Wir möchten das Verhör aufzeichnen, denn wir wollen gleich von Anfang an seine Lügen registrieren. Wir wollen einen Durchsuchungsbeschluss für sein Büro und sein Haus, wir wollen eine 205 Subpoena für sein Handy, und wir wollen, dass Philip und sein Team ein Spinnennetz erstellen.«

Eine Subpoena nach Artikel 205 des Strafgesetzbuchs würde die Mobilfunkgesellschaft zwingen, den Falken Martin Fillis' vollständige Handydaten zur Verfügung zu stellen. Captain Philip van Wyk und sein Team im Rechenzentrum würden anschließend mithilfe eines speziellen Programms Verbindungen zwischen den Anrufern und den Angerufenen ziehen und grafisch darstellen lassen – das sogenannte Spinnennetz, das zeigte, mit wem Fillis in Kontakt gestanden hatte.

Kaleni schüttelte den Kopf. »Captain Cloete hat mich angerufen ...«

Griessel sah, wie Cupidos Schultern hinuntersanken. Denn wenn die Majorin wusste, wie breit und international das Interesse der Medien war, würde sie noch konservativer und vorsichtiger als normalerweise vorgehen.

»Wir werden sehr vorsichtig sein müssen.«

»Ja, Majorin.«

»Sie haben nicht genug Beweise für die Durchsuchungsbeschlüsse.«

Das hatten sie gewusst, doch sie kannten auch Kaleni – hinter dem Stirnrunzeln verbarg sich unerschütterliche Loyalität und das Bedürfnis, ihre Leute zu unterstützen. Wenn man ihr etwas gab, das sie ablehnen konnte, war die Wahrscheinlichkeit hoch, dass sie auf andere Anfragen eingehen würde.

»Okay«, sagte Cupido mit geheuchelter Enttäuschung.

»Aber ich unterschreibe Ihnen die Subpoena nach Artikel 205. Und Sie bekommen Verstärkung von der Bereitschaftspolizei für die Verhaftung.«

»Danke, Majorin.«

...

Sie wollten Fillis allein und in der Öffentlichkeit konfrontieren. Deswegen rief Cupido die Handynummer auf der Website von Billy de Palma Privatermittlungen an, und als ein Mann antwortete, erkannte er die Stimme. Er nickte Bennie zu und reichte ihm das Telefon.

Griessel stellte sich als »Ben Barnard« vor, nannte Fillis immer wieder »Meneer de Palma« und bemühte sich, niedergeschlagen und verzweifelt zu klingen. Er müsse ihn dringend sehen, denn er sei sich sicher, dass seine Frau ihn betrügen würde. Heute Abend würde sie ausgehen, und jemand müsse ihr folgen, bitte, »Geld spielt keine Rolle, bitte, ich könnte Sie im Spur treffen, da ist doch ein Spur in der Nähe Ihrer Kanzlei, das am Cavendish Square, können wir uns dort treffen, dann gebe ich Ihnen Bargeld, sagen Sie nur, wie viel Sie brauchen«.

Und dann hielten sie den Atem an und warteten darauf, was er sagen würde.

Das angebotene Bargeld war das Zuckerbrot, falls Fillis an einem Samstagmorgen keine Lust haben sollte, sich mit Klienten zu treffen. Denn Bargeld brauchte nicht in den Büchern zu erscheinen und nicht versteuert zu werden.

Sie warteten. Fillis seufzte und sagte dann: »Okay. Treffen wir uns da um halb eins, ich warte im Raucherbereich auf Sie, ich trage ein Rugbyshirt von den Stormers.«

FÜNFZEHN

Majorin Mbali Kaleni rief den Dienststellenleiter der SAPS in Claremont an, der alle Hebel in Bewegung setzen musste, um das nötige Personal zusammenzutrommeln. Es war Samstagmittag, und die meisten seiner Mitarbeiter begannen ihre Schicht erst am späten Nachmittag, um mit den typischen Zwischenfällen an einem Samstagabend fertig zu werden, die einen Polizeieinsatz erforderten. Er sagte, er könne nicht mehr als vier Leute entbehren.

Griessel und Cupido trafen sich mit den Kollegen um 12:33 Uhr vor der Rodeo Spur Steak Ranch. Griessel betrat das Restaurant als Erster, um sicherzugehen, dass Fillis dort war. Samstags um diese Zeit herrschte in dem Restaurant ein ohrenbetäubendes, kunterbuntes Tohuwabohu von mindestens drei Kindergeburtstagen. Fillis saß in der Raucherecke, wie angekündigt, in einem Stormers-Rugbyshirt. Das hässliche, schrill gelb-rote Logo des Rugbyteams stach sofort ins Auge.

Griessel kehrte um und holte Cupido und die Uniformierten. Sie marschierten zwischen den Kindern hindurch. Fillis sah sie kommen, und sein plötzlich wechselnder Gesichtsausdruck verriet, dass er Cupido erkannte und begriff, dass sich der Aufmarsch auf ihn zubewegte. Seine Augen huschten nur einmal kurz in Richtung Tür, der einzigen Fluchtmöglichkeit, und da wussten sie, dass er ihr Schuldiger war.

Fillis stand auf, kurz bevor sie seinen Tisch erreichten. Seine Augen waren auf Cupido gerichtet. Er verzog den Mund und sagte: »Sieh da, Vaughn. Na, immer noch das größte Großmaul bei den Falken?«

Griessel bemerkte, wie groß und kräftig Fillis war. Das Rugbyshirt spannte über den muskulösen Schultern.

»Martin Reginald Fillis, wir haben Grund zu der Annahme, dass Sie uns Informationen im Zusammenhang mit dem Mord an Alicia Lewis verschaffen können.«

Keine Reaktion.

»Wir haben Grund zu der Annahme, dass Ihr

Handy Beweise enthält, die Sie mit Lewis in Verbindung bringen. Bitte händigen Sie es uns aus.«

Fillis blickte die Uniformierten abschätzig an, von denen einer ein paar Handschellen bereithielt. Dann sah er Griessel und Cupido an und sagte: »Fick dich, Vaughn.«

»Ich fordere Sie jetzt noch einmal auf, Ihr Handy abzugeben«, sagte Griessel. »Wir können Sie aber auch wegen Widerstand gegen die Staatsgewalt verhaften.«

Das ganze Restaurant starrte sie inzwischen an. Fillis überlegte hin und her und fuhr dann aufreizend langsam mit der Hand in die Jackentasche und holte das Handy heraus. Griessel hielt ihm eine Plastiktüte hin. Fillis ließ das Handy hineinfallen.

...

Im Auto auf dem Weg zur Dienststelle sprachen die Ermittler kein Wort, über eine halbe Stunde lang. Fillis saß auf der Rückbank. Er machte nur einmal den Mund auf, und zwar mit der Frage: »Bist du nicht Bennie Griessel, der versoffene Falke?« Als er keine Reaktion erhielt, zündete er sich eine Zigarette an und blies den Rauch durch das Metallgitter zwischen ihnen. Sie wussten, dass er sie provozieren wollte, und ignorierten ihn. Fillis starrte zum Fenster hinaus und rieb mit einer Hand über seinen sorgfältig gestutzten Ziegenbart.

Als sie ausstiegen, kam es zu einem kurzen Zwischenfall. Fillis riss plötzlich seinen Arm aus Griessels Griff, und Cupido fasste nach seiner Dienstwaffe und den Handschellen, doch dann entspannte sich der Privatdetektiv und ging zwischen ihnen her durch die langen, samstäglich stillen dunklen Flure der Falken-Dienststelle. Im Verhörzimmer setzten sie sich; jeder kannte seinen Platz.

»Fickt euch«, schoss Fillis die Eröffnungssalve ab. »Ohne meinen Anwalt sage ich kein Wort.«

Damit hatten sie gerechnet.

»Entweder du redest ohne deinen Anwalt mit uns, oder ihr beide könnte später mit der Presse reden«, erwiderte Griessel.

Fillis grinste fies und schüttelte den Kopf. »*Jirre*, Vaughn, du bist ja noch blöder, als ich dich in Erinnerung habe. Mehr habt ihr nicht zu bieten? Ihr meint, ihr könnt mich mit einem blöden Trick im Spur abfangen und ich scheiße mir daraufhin vor den ganzen kleinen Kindern in die Hosen und fange an zu reden? Mehr haben die Falken nicht drauf? Im Ernst?«

»Worüber willst du denn reden, Martin?«

»Ach, egal.«

»Wo warst du am Montag, Martin?«, fragte Griessel.

»Frag meinen Anwalt.« Fillis holte seine Zigaretten heraus und zündete sich eine an, obwohl kein Aschenbecher auf dem Tisch stand.

Griessel wusste, dass das nur ein Manöver war. Hinhaltetaktik. Er ging nicht darauf ein. »Wo warst du am Montag, Martin?«

»Frag meinen Anwalt. Und fick dich.«

»Ich zeig dir jetzt mal, was wir draufhaben, Martin«, fuhr Griessel fort. »Wir machen dir das Angebot, uns alles zu erzählen. Solltest du das ablehnen, geben wir eine Pressemeldung raus, dass du unser Hauptverdächtiger im Mord an Alicia Lewis bist.«

»Billy de Palma. Schämst du dich dafür, ein Farbiger zu sein, Martin?«, fragte Cupido.

Keine Antwort.

»Weißt du, Billy Boy«, sagte Cupido, »wir wissen, was der Name Billy de Palma wert ist. Wir wissen von den AdWords auf Google. Wir wissen, dass du eine Menge investiert hast, um die Agentur Nummer eins zu sein, wenn jemand einen Privatdetektiv am Kap sucht. Und wir haben es drauf, der gesamten Presse zu stecken, dass du ein mutmaßlicher Verdächtiger im Mordfall Lewis bist. Mal sehen, wie ihr dabei wegkommt, du und deine Agentur.«

»Der *Guardian* schreibt jetzt schon über den Fall«, setzte Griessel hinzu.

»Der *Guardian* ist eine große englische Zeitung ...«

»Ich weiß, was der *Guardian* ist«, erwiderte Fillis verärgert.

»Dann weißt du sicher auch, was passiert, wenn potentielle Klienten nächste Woche über Google einen Privatdetektiv am Kap suchen«, fuhr Griessel fort.

»Oder nächstes Jahr«, ergänzte Cupido. »Oder in zwei Jahren, denn das ist das Problem mit dem verdammten Internet, Billy Boy, es vergisst nichts. Alles bleibt erhalten und verfolgt dich auf ewig.«

»Deine Google-Anzeige wird mit Berichten über dich als mutmaßlichen Mörder verlinkt sein«, sagte Griessel.

»Und wir werden den Journalisten auch deine Vergangenheit nicht verschweigen, und darüber werden sie ebenfalls mit Vergnügen berichten, denn solche Scheiße lieben sie. Und daraufhin werden sie wegbleiben, Billy Boy, all die Klienten mit Ehegatten auf Abwegen«, sagte Cupido.

»Und damit ist das ganze schöne Geld für die Ad-

Words zum Fenster rausgeschmissen«, fuhr Griessel fort.

»Du wirst dir einen anderen Job suchen müssen, denn deine Agentur ist tot wie der Dodo. Aber das Allerschlimmste, Billy Boy, ist, dass die Leute erfahren werden, dass du ein Betrüger bist. Ein Fake. Ein wertloser, zweitklassiger, korrupter Ex-Cop, der Prostituierte verprügelt und wehrlose Frauen ermordet.«

Sie setzten alles auf eine Karte in der Hoffnung, dass Fillis begriff, dass er ihnen etwas geben musste, wenn er den Namen seiner Agentur aus den Medien heraushalten wollte. Sie hatten keine Ahnung, ob es funktionieren würde, aber Cupido glaubte fest daran, dass Narzissten wie Fillis es nicht ertragen konnten, öffentlich gedemütigt zu werden.

Sie beobachteten ihn mit Adleraugen und warteten ab. Er saß da wie eine Sphinx und starrte die Scheibe des Beobachtungsfensters an.

Endlich sagte er: »Ich habe keine Ahnung, wovon ihr redet.«

Cupido schnaubte amüsiert. »Schon während wir hier sitzen, checken wir deine Handydaten. Wir haben eine 205, wir können alle deine Kontakte nachverfolgen. Und was wirst du dann sagen, wenn wir beweisen können, dass du mit Lewis in Verbindung gestanden hast?«

Keine Antwort.

»Es ist nur eine Frage der Zeit, bis wir ihre E-Mails geknackt haben. Erleichtere uns die Sache. Verrate uns, wo du am Montag gewesen bist«, sagte Griessel.

Ein langes Schweigen trat ein, dann sagte Fillis: »Dazu muss ich in meinem Kalender nachsehen. Gib mir mein Handy.«

Griessel schüttelte den Kopf. »Du weißt genau, wo du am Montag gewesen bist.«

Fillis verschränkte die Arme vor der Brust.

»Wie du willst«, sagte Cupido. »Benna, ruf unseren Pressesprecher an.«

Griessel griff nach seinem Handy und rief Cloete an, der sich sofort meldete. Griessel stellte das Handy auf Lautsprecher: »John, wir stehen kurz davor, einen mutmaßlichen Täter zu verhaften. Du kannst die Meldung herausgeben, dass es sich bei dem Verdächtigen um Martin Reginald ...«

»Okay«, unterbrach ihn Fillis scharf und hastig.

»Wie meinen?«, hakte Cupido nach.

»Okay, ich rede mit euch.«

»Ohne Anwalt?«

Fillis nickte, den Rücken gestrafft, den Nacken

steif, ein Mann, der sich verbissen an seine Würde klammerte.

»Tut mir leid, John, das war wohl etwas übereilt«, sagte Griessel und beendete den Anruf.

SECHZEHN

Fillis schwor hoch und heilig, er habe keinen Kontakt zu Alicia Lewis gehabt, weder am Sonntag noch am Montag. Er habe sie überhaupt nie persönlich kennengelernt. Das letzte Mal habe er vor über zwei Monaten von ihr gehört.

»Wenn wir dein Handy überprüfen, finden wir dann den Beweis, dass du am Montag nicht in ihrer Nähe warst?«

»Woher soll ich wissen, wo sie am Montag war?«

»Fangen wir noch mal ganz von vorn an«, sagte Griessel. »Wann hat sie zum ersten Mal Kontakt mit dir aufgenommen?«

Fillis erzählte mit ausweichendem Blick und aggressiven kurzen Sätzen seine Geschichte. Er habe im November letzten Jahres unverhofft eine E-Mail von ihr erhalten. Darin bat sie ihn zunächst, ihr zu bestätigen, dass zu seinem Fachgebiet das Aufspüren von Personen gehöre, wie seine Website verspreche. Als er dies bejahte, fragte sie in einer nächsten E-Mail, ob er auch bereit sei, beim Auffinden eines vermissten Gegenstandes zu helfen, der sich im Besitz von neun verschiedenen Leuten befinden könne. Wieder ließ er sie wissen, dass seine Fähigkeiten auch das beinhalteten. Am nächsten Tag rief ihn Alicia Lewis von London aus an und redete persönlich mit ihm, wie er glaubte, um sich ein Bild von ihm zu machen. Unter anderem fragte sie nach seinem Werdegang und dem Honorar. Sie schien zufrieden zu sein, denn daraufhin schickte sie ihm einen Vertrag mit einer umfangreichen Verschwiegenheitsklausel. Er unterzeichnete ihn, schickte ihn zurück und erhielt die neun Namen.

»Da wusstest du längst, wer sie war«, sagte Cupido.

»Woher sollte ich das wissen, Vaughn?«, fragte Fillis, wütend über die Unterstellung.

»Weil ich dich kenne, Billy Boy. Bis dahin hattest du sie schon längst gegoogelt. Du hast gewusst, dass diese Frau mit bedeutenden Gemälden zu tun hatte, und wenn sie etwas suchte, dann musste es etwas Wertvolles sein. Und dann hast du deine Pläne geschmiedet ...«

Fillis verfluchte Cupido, dieser schnaubte, und sie stritten über die Behauptung, bis Griessel sie unterbrach: »Du hast also die Leute aufgespürt?«

»Natürlich habe ich sie aufgespürt. Ich bin der beste Privatdetektiv von ganz Südafrika.«

»Glaube nie deiner eigenen Presse, Billy Boy. Und wer hat jetzt das Gemälde?«

»Ein Farmer aus Villiersdorp.«

Sie horchten auf, ihr Puls beschleunigte sich, aber sie waren zu erfahren, um Fillis zu zeigen, wie aufgeregt sie waren.

»Was heißt das, ein Farmer aus Villiersdorp?«

»Vermeulen. Willem Vermeulen. Senior.«

»Woher weißt du das, Billy Boy? Wie hast du das herausgefunden?«

»Ich habe ihn gefragt. Er hat nämlich gesagt, er habe das Gemälde schon mal gesehen, und als ich ihn fragte, wo, sagte er, das ginge mich nichts an.«

»Woher wusste er, welches Gemälde du suchtest?«

»Weil ich ihm das Foto gezeigt habe.«

»Was für ein Foto?«

»Das, was Lewis mir geschickt hat.«

»Ein Foto?«

»Bist du taub?«

»Warum hast du nicht gleich gesagt, dass sie dir ein Foto geschickt hat?«

»Weil ihr mir keine Gelegenheit dazu gegeben habt«, antwortete er mit einem kleinen triumphierenden Grinsen.

»Du willst Spielchen spielen, Billy Boy? Meinetwegen. Benna, ich hab dir doch gesagt, der Kerl ist ein Stück Scheiße. Lass uns die Presse informieren und aus die Maus. Er wird nur die ganze Zeit versuchen, sich irgendwie aus der Affäre zu ziehen.«

»Es war nur ein kleiner Ausschnitt des Gemäldes«, sagte Fillis gereizt. »Lewis hat mir erst die neun Namen geschickt. Acht Personen habe ich ausfindig gemacht. Eine Frau aus Pretoria ist letztes Jahr im August gestorben, die war also raus. Ich habe Lewis die acht Adressen geschickt, und dann hat sie mir im Anhang einer Mail das Foto gesendet. Es war nur ein Ausschnitt des Gemäldes, wie sich herausstellte. Vom Gesicht einer Frau. Einer Frau mit einem Cape.«

»Einem Cape? Was meinst du damit? Ein Regencape?«

»Nein, mit einem Umhang, wie Superman.«

...

Griessel fragte, wo das Foto sei, und Fillis antwortete, in den E-Mails auf seinem Handy. Griessel holte das Handy des Privatdetektivs aus seiner Tasche und rief auf Fillis Anweisungen hin seine Gmail, den entsprechenden Ordner und die Mail auf. Und dann sahen sie das Foto von einem Ausschnitt des Gemäldes, Kopf und Schultern einer Frau. Sie blickte sie mit dunkelbraunen Augen an, ohne zu lächeln, aber heiter. Ihr Blick war sanft, empathisch, wissend. Sie konnten die Augen nicht von ihr abwenden – von ihren schönen roten Lippen, der Nase, die zwar nicht schmal war, aber perfekt mit ihrem Gesicht harmonierte, von ihrer glatten, zarten weißen Haut, den hellbraunen Haaren, die wohl zurückgebunden waren, damit sie ihr nicht wie ein Wasserfall aus kleinen Locken auf die Schultern fielen. Eine attraktive Frau.

Doch am meisten faszinierte Bennie Griessel der Umhang um ihre Schultern. Auf dem Ausschnitt schien es, als sei das Cape das einzige Kleidungsstück, das sie trug. Doch das Bemerkenswerteste daran war die Farbe.

»Die Frau in Blau«, stellte er fest.

»Stimmt«, sagte Cupido.

»Was?«, fragte Fillis.

Cupidos Handy klingelte. »Geht dich nichts an,

Billy Boy«, erwiderte er, während er das Handy herausholte. Er kannte die Nummer nicht, meldete sich, hörte zu und sagte: »Okay, okay. Wie heißt die Straße? Okay, vielen Dank, ruft bitte den Erkennungsdienst an.« Er beendete das Gespräch und sagte zu Griessel: »Die Kollegen aus Grabouw haben ihr Auto gefunden. Den Mietwagen. Auf dem Berg hinter Grabouw, an der Straße nach Villiersdorp. Stinkt ekelhaft nach Bleichmittel. Jetzt haben wir dich, Billy Boy. Zieh dich schon mal warm an.«

...

Sie riefen Majorin Mbali Kaleni an und sagten Bescheid, dass sie jetzt genug Material hätten, um Beschlüsse für die Durchsuchung von Fillis' Büro und Haus zu bekommen. Sie baten um Verstärkung und forderten ausdrücklich die Captains Willem Liebenberg und Frankie Fillander an, um die Befragung von Martin Fillis fortzusetzen. Sie wussten, dass die beiden auch an diesem Wochenende Dienst hatten und immer einsatzbereit waren, und außerdem waren sie sicher, dass es einen Erznarzissten wie Fillis bis aufs Blut ärgern würde, wenn ein attraktiverer Typ als er, nämlich Liebenberg – der als George Clooney der Falken bekannt war –, seine Zeit verschwendete. »Uncle« Frankie Fillander war der Kollege mit der meisten Erfahrung und Menschenkenntnis im Dezernat für Gewaltverbrechen.

Es dauerte fast eine Stunde, bis sie Liebenberg und Fillander umfänglich über den Fall informiert hatten. Griessel und Cupido baten die beiden Kollegen, Fillis' Befragung so lange wie möglich auszudehnen, während sie in der Zwischenzeit einer Farm in Villiersdorp einen Besuch abstatteten.

Anschließend machten sich Griessel und Cupido auf der N2 über den Sir Lowry's Pass und durch Grabouw auf den Weg. Sie riefen Jimmy, den langen Dünnen vom Erkennungsdienst, an und baten ihn um eine Wegbeschreibung zum Fundort von Alicia Lewis' gemietetem Toyota.

»Ihr nehmt die R321 aus Grabouw raus und fahrt in Richtung Theewaterskloofdam etwa zwölf Kilometer weit. Ihr folgt dem Zaun, der rechts am Berg entlangführt. Am Tor warten zwei Constables mit einem SAPS-Bakkie.«

Sie hatten keinen Blick für die atemberaubende Schönheit der Natur, die blauen Farmseen, die tiefgrünen Tannenwälder und grauen Felsformationen der rauen Berge. Sie besprachen den Fall, suchten das Polizeifahrzeug, fanden es und bogen ab. Sie gelangten zu einer Toreinfahrt. Halb im Grün versteckt, stand ein kleines Schild: *Groenlandberg Nature Reserve. No entry.*

Die Constables berichteten, sie wären direkt losgefahren, nachdem ein Ranger aus dem Reservat die Wache in Grabouw angerufen und über den Toyota informiert habe, der dort abgestellt worden war.

»War dieses Tor abgeschlossen?«, fragte Griessel.

»Nein, Captain.«

»Ist der Erkennungsdienst schon da?«

»Ja, Captain. Von hier aus sind es noch hundert Meter bis zur Fundstelle.«

Sie gingen zu Fuß eine holprige Wagenspur entlang, die sich den Berg hinaufschlängelte. Sie sahen zuerst den weißen Kleinbus der Spurensicherung und dann Dick und Doof, die sich mit Alicia Lewis' grauem Mietwagen beschäftigten. Türen, Kofferraum und Motorhaube des Toyotas waren geöffnet. Dick und Doof von der Spurensicherung sahen die Ermittler und kamen ihnen entgegen. Die Scherze flogen hin und her wie immer, und die Kriminaltechniker jammerten, weil sie das Rugbyspiel der Stormers gegen die Free State Cheetahs verpassten.

Arnold, der kleine Dicke, sagte, der Toyota sei von vorn bis hinten sauber geputzt worden, so dass keine Fingerabdrücke zurückgeblieben seien, und der Innenraum sei so gründlich mit Bleichmittel gewaschen worden, dass dieses Löcher in die Fußmatten und Sitzbezüge gefressen habe. Er selbst hätte es nicht besser machen können, wenn er forensische Spuren hätte verwischen wollen.

»Sag ich doch«, bemerkte Cupido. »Derjenige hat genau gewusst, was er tat.«

...

Die Farm trug den Namen Eden. Das stattliche alte Wohngebäude lag hoch am Berg östlich vom Dorf und bot einen fantastischen Ausblick über den Theewaterskloofdam.

Sie parkten vor dem Haus. Drei große Hunde kamen bellend von der vorderen Veranda aus auf sie zugerannt und begleiteten sie schwanzwedelnd zur offenen Vordertür. Sie klingelten. Bis hier draußen hörten sie die Fernsehkommentare des Rugbyspiels irgendwo im Haus. Endlich kamen schwere Schritte über den Dielenfußboden, und ein Mann erschien in der Türöffnung – ein großer Mann in den Vierzigern mit dicken Unterarmen und riesigen Händen.

»Guten Tag«, grüßte er. »Kann ich Ihnen helfen?«

»Wir sind von der Polizei. Von den Falken. Wir sind wegen des Gemäldes hier«, sagte Griessel.

Der Mann, der einen dunklen Jogginganzug und Pantoffeln trug, blieb reglos stehen und sah sie ausdruckslos an. Dann seufzte er wie vor Erleichterung und streckte ihnen seine Pranke hin. »Vermeulen junior.«

Sie schüttelten sich die Hände und stellten sich vor. Griessel sagte: »Wir suchen eigentlich Wilhelm Vermeulen senior.«

»Das ist mein Vater. Aber bei mir sind Sie richtig. Wenn es um das Gemälde geht, bin ich Ihr Mann.«

...

Er bat sie herein und rief ins Haus: »Wir haben Besuch, Frau, mach mal den Fernseher aus. Die Stormers verlieren ja sowieso.« Er führte sie durch den Flur, der von deckenhohen Bücherregalen gesäumt wurde, bis ins repräsentative Wohnzimmer, wo er sie auf großen, alten Stühlen Platz nehmen ließ. Der Fernseher verstummte, leichtere Schritte näherten sich. Die Frau war mollig und hübsch, mit tiefen Grübchen in den Wangen, wenn sie lächelte. Sie nestelte an ihrer Frisur und sagte: »Entschuldigen Sie, wir hatten niemanden erwartet. Ich bin Minnie Vermeulen.«

»Die Herren sind wegen des Gemäldes hier«, sagte ihr Mann.

»Wird auch höchste Zeit«, sagte sie. »Was möchten Sie trinken?«

Es dauerte einen Moment, bevor alle ihre Wünsche geäußert hatten. Die drei Männer setzten sich wieder, und Vermeulen junior fragte: »Gibt es etwas Neues?«

Die Frage traf sie unvorbereitet. Cupido erwiderte: »Was meinen Sie?«

»Aber Sie sind doch bestimmt gekommen, weil sich irgendetwas ergeben hat, oder?«

»Was soll sich ergeben haben, Meneer Vermeulen?«

»Etwas wegen des Gemäldes. Deswegen sind Sie doch hier.«

»Nein, wir sind wegen Alicia Lewis hier.«

»Ach so.«

»Sie kennen Alicia Lewis?«

»Ja, ja, sie war am Montag hier«, antwortete der Mann ein wenig ungeduldig. »Was ist denn mit ihr?«

Sie sahen erst einander, dann wieder ihn an. »Sie ist tot, Meneer Vermeulen«, sagte Griessel.

»Allmächtiger!«, stieß der Farmer hervor. »Was ist denn passiert?«

»Haben Sie nicht die Nachrichten im Fernsehen verfolgt, Meneer Vermeulen?«

»Nein, die schau ich mir nicht mehr an. Ist doch jeden Tag derselbe Mist. Wie ist sie gestorben?«

»Sie ist am Montag ermordet worden.«

»Allmächtiger!«, wiederholte Vermeulen und sprang auf, so dass die Ermittler erschraken und nach ihren Dienstwaffen griffen. Er drehte ihnen den Rücken zu, ging zur Tür und rief in Richtung Küche: »Frau, sie sagen, dass diese Lewis tot ist. Sie ist ermordet worden, am Montag!«

»Nein!«, rief Minnie Vermeulen zurück, und man hörte ihre hastigen Schritte, als sie zu ihnen kam. Sie fragte, wie und wo Alicia Lewis ermordet worden sei, und klang dabei besorgt und verwirrt. Ihr Mann versuchte sie zu beruhigen und zum Schweigen zu bringen.

Sie weinte ein bisschen und sagte andauernd: »Die arme Frau, das ist meine Schuld, das ist alles meine Schuld!« Ihr Mann tröstete sie: »Nein, nein, du kannst nichts dafür«, bis Griessel schließlich zu beiden sagte: »Kommen Sie, setzen Sie sich bitte.«

Vermeulen sagte: »Frau, ich glaube, es ist besser, wenn wir jetzt die Wahrheit sagen.«

»Du hast recht«, stimmte sie ihm leise zu.

»Würden Sie bitte mit uns kommen?«, bat er die Ermittler.
»Wohin?«
»Ich möchte Ihnen das Gemälde zeigen.«

SIEBZEHN

12. Oktober

Sie waren nur noch ein paar hundert Schritte hinter ihm, die vier. Sie schienen nicht müde zu werden, als wären sie Dämonen.

Er erreichte Delft. Es musste kurz nach zehn sein, er wusste es nicht genau. Er wollte über den Oude Langendijk zum Grote Markt in der Hoffnung, ihnen dort vielleicht zu entkommen, falls sein Atem reichte und ihn seine Beine so weit trugen. Er konnte nicht mehr, es hieß, jetzt oder nie, sie waren zu nahe, sie waren zu viert, und sie wurden nicht müde. Zum ersten Mal überwältigte ihn die Panik. Sein Atem ging immer schneller. Er sah vor sich, wie sie die Dolche in ihn stachen, wie sein Blut spritzte und aus ihm heraussprudelte wie bei einem geschlachteten Schaf. Am liebsten hätte er laut geschrien. Er verfiel in einen Laufschritt, nein, noch nicht, es war zu früh, er musste mit seinen Kräften haushalten, er musste warten, bis er das dichte Gedränge auf dem Grote Markt erreichte, noch hatte er einen geringen Vorsprung, aber die Angst überwältigte ihn und betäubte seine Sinne. Er blickte sich um, sie rannten jetzt auch, eine Klinge blitzte im hellen Sonnenlicht auf. »Gott helfe mir!« Hatte er das Stoßgebet nur lautlos im Kopf gesprochen oder es laut herausgeschrien? So würde es enden, in Delft, auf der Doelenstraat in Delft, er hatte keine Beziehung zu diesem Ort, er würde als Fremdling verrecken, sie würden ihn in einem namenlosen Grab irgendwo verscharren, niemand würde von ihm erfahren ...

Eine unsichtbare Hand hob ihn hoch. Er sah, wie seine Füße den Boden verließen, und dachte in diesem Augenblick, »ich bin tot, ich schwebe«, und die Hand schleuderte ihn mit entsetzlicher Gewalt gegen eine Hauswand, mit einem Donnerschlag, der schmerzlich in beide Ohren schoss. Wieder rief er Gott an, hörte seine Rippen brechen. Etwas anderes nahm er nicht mehr wahr, nur das Brechen seiner eigenen Knochen. Alles war dunkel, absolut dunkel, er spürte den Schmerz, in der Brust, im Kopf, in den Ohren.

Etwas lag auf ihm. Erschrocken öffnete er die Augen, konnte nur die rechte Hand bewegen. Er wischte sich über die Augen; seine Hand war blutig. Hatten sie ihn erwischt?

Die Wand, es war die Mauer, die auf ihm lag, er regte sich, es schmerzte, aber er konnte sich bewegen, er konnte die Bruchstücke der Wand von sich wegschieben. Warum war er taub? Er rappelte sich mühsam auf, wollte nachsehen, wo sie waren. Der Schmerz durchfuhr seine Flanke, seine Rippen.

Er sah, dass alles kaputt war, er sah die brennenden Häuser, er sah, dass seine vier Verfolger weg waren, einfach weg, als hätte die höhere Hand sie aufgelesen.

Und dann sah er das Blau zwischen den grauschwarzen Balken, Steinen, Trümmerhaufen und Rußspuren. Das leuchtende, leuchtende Fleckchen Blau.

Er stolperte hin. Ein Stückchen Farbe, ein Stückchen Leben.

Er hob es vorsichtig auf. Er sah die Frau. Er schnappte nach Luft.

ACHTZEHN

Es raubte ihnen den Atem.

Vor einem fahlweißen Hintergrund, dessen Struktur so lebensecht war, dass er fast greifbar schien, stand die Frau – dieselbe Frau, genau dieselbe wie die auf Fillis' Foto. Doch jetzt konnten sie diese Frau von Kopf bis Fuß betrachten. Unter dem blauen Cape trug sie tatsächlich nichts. Ihre Füße standen im Wasser eines Flusses, einer Quelle oder eines Bades. Sie hielt das Cape mit beiden Händen fest, um ihre Brüste und ihr Geschlecht zu bedecken. Ihr Bauch, rund, als sei sie schwanger, und ihre kräftigen Beine bis weit über die Knie waren sichtbar. Und dann dieses Gesicht, diese Augen, gefühlvoll, geheimnisvoll.

Und alles war in ein magisches Licht getaucht.

Das Gemälde hing im großen, begehbaren Gewehrschrank der Vermeulens, im Keller unter dem

Farmhaus. Die Polizisten sahen das Gemälde an, der Farmer und seine Frau sahen sie an.

»So schön, und jetzt ist eine Frau gestorben«, seufzte Minnie.

»Das hat nichts mit uns zu tun, Frau.«

»Aber trotzdem, Junior ...«

Bennie und Vaughn hörten, was sie sagten, starrten aber unverwandt das Gemälde an.

»Wir glauben, dass das Hendrickje Stoffels ist«, sagte Minnie.

»Okay«, sagte Cupido wie gefangen von dem Zauber der Frau und des Gemäldes.

»Wer?«, fragte Griessel.

»Rembrandts Geliebte«, erklärte Minnie. »Rembrandt hat sie oft gemalt, und daher wissen wir, wie sie ausgesehen hat. Aber dies ist das einzige Bild, auf dem sie schwanger ist. Es stammt aus dem Jahr 1654, kurz vor Fabritius' Tod. Es hat damals einen kleinen Skandal um sie gegeben ...«

»Jetzt verstehe ich gar nichts mehr«, gestand Cupido.

»Ich auch nicht«, sagte Griessel.

»Diese Wirkung haben Hendrickje und Fabritius auf die Betrachter«, sagte Minnie. »Schauen Sie mal hier, sehen Sie die Brandspur?«

Sie sahen hin. Auf der linken Seite des Gemäldes

fehlte ein kleines Stück; der Rand war schwarz verkokelt.

Sie nickten.

»Kommen Sie, trinken wir eine Tasse Kaffee, und dabei erzähle ich Ihnen alles.«

...

Wortgewandt erzählte sie ihnen die Geschichte, die Frau des Farmers mit den Grübchen, unterstützt von ihrem Mann. Sie erklärte, es sei ihre Theorie, für die es jedoch nur wenige Beweise gebe.

Carel Fabritius, der mit richtigem Namen Carel Pieters hieß – was jedoch keine Rolle spiele –, sei ein Lehrling des berühmten Malers Rembrandt van Rijn gewesen. Fünfzehn Jahre nach seiner Ausbildung, im Sommer 1654, habe Fabritius seinen alten Lehrmeister in Amsterdam besucht und gesehen, dass Rembrandts Geliebte und ehemalige Haushälterin schwanger mit ihrem ersten Kind war. Zurück in Delft, hatte Fabritius dieses Gemälde von Hendrickje angefertigt, sicher als Geschenk für Rembrandt. Er musste es vor Oktober 1654 fertiggestellt haben.

Denn um halb elf am Vormittag des 12. Oktober 1654 habe der Verwalter des Pulverturms in Delft das Gebäude, in dem das Schießpulver der ganzen

Stadt gelagert wurde, mit einer Laterne betreten. Niemand würde je erfahren, was genau geschehen war, doch die Explosion, die als Delfter Donnerschlag bekannt wurde, hatte über ein Viertel der Stadt in Schutt und Asche gelegt. Der Knall war hundertfünfzig Kilometer weit zu hören gewesen.

Carel Fabritius, der geniale Maler mit Aussicht auf eine steile Karriere, befand sich zum Zeitpunkt der Explosion in seinem Haus. Er war auf der Stelle tot, und praktisch alle Gemälde, an denen er damals arbeitete, wurden zerstört.

»Ich glaube, dass diese Brandstelle an der Seite des Gemäldes beim Delfter Donnerschlag entstanden ist«, sagte Minnie Vermeulen. »Und ich glaube, dass jemand das Bild mitgenommen hat und dass dieser Jemand ein gewisser Van Schoorl gewesen ist. Aber damit Sie verstehen, warum ich das glaube, muss ich über dreihundertfünfzig Jahre zurückgehen.«

Sie sagte, das Gemälde, das übrigens auf Holz gemalt sei, befinde sich schon seit vielen Generationen im Besitz der Familie ihres Mannes. Als sie Junior geheiratet habe, habe sie es hier im Elternschlafzimmer des Farmhauses hängen sehen, als die Farm noch ihrem Schwiegervater, Willem Vermeulen senior, gehörte.

Jeder, der es gesehen habe, sei davon bezaubert gewesen, aber nur wenige kamen in den Genuss, denn Senior sei ein überaus frommer Mann, für den eine beinahe nackte Frau nichts war, was man herumzeigte.

Als Junior schließlich die Farm übernahm, habe sie gefragt, ob das Gemälde im Schlafzimmer hängen bleiben könne. »Na schön«, hatte ihr Schwiegervater gesagt. »Aber zeig das Ding nicht herum. Versprich es mir.«

Sie habe es ihm versprochen.

Minnie Vermeulen erzählte, dass sie eine passionierte Leserin sei, schon von Kind an. Sie lese wirklich alles, hinke aber immer ein bisschen hinterher, weil es so viele schöne Bücher, aber leider zu wenig Zeit gebe. Deswegen habe sie erst letztes Jahr, ungefähr im April, den »Distelfink« von Donna Tartt begonnen.

»Einen Augenblick mal«, unterbrach sie Cupido.

»Das ist das Buch, von dem der Professor geredet hat«, sagte Griessel.

»Genau«, sagte Cupido. »Was hat denn diese Tartt jetzt damit zu tun?«

Die Farmerssfrau erzählte, Donna Tartt sei eine amerikanische Schriftstellerin, die einen populären Roman namens »Der Distelfink« geschrieben habe, über das Gemälde eines Distelfinks, das ebenfalls von Fabritius stammte. Das echte »Distelfink«-Gemälde hänge heute im Mauritshuis im niederländischen Den Haag. Aber das sei alles unwichtig. Wichtig sei, dass Minnie Vermeulen bei der Lektüre des Buches plötzlich von ihrem Lesestuhl draußen auf der Vorderveranda aufgestanden und zu dem Gemälde im Schlafzimmer gegangen sei.

Sie hatte gewusst, dass sie den Namen »Fabritius« schon einmal irgendwo gesehen hatte, und dann fiel ihr ein, dass er unten auf dem Gemälde stand, das über ihrem Bett hing.

Und dann sah sie die Unterschrift – in genau denselben Druckbuchstaben und der Handschrift und mit derselben Jahreszahl datiert wie der »Distelfink«.

»Ich konnte es nicht glauben. Ich wollte es nicht glauben. Ich bin mit den Fingerspitzen über die Ölfarbe gefahren, um sicherzugehen, dass es echt war. Dann habe ich Junior gesucht und ihn gefragt, wie alt das Gemälde sei. Ich habe mit meinem Schwiegervater geredet und alles über Fabritius gelesen, was ich finden konnte, und dann habe ich in den Geschichtsbüchern und den Archiven recherchiert, um herauszufinden, ob das Bild echt ist. Denn mir war klar: Wenn das wirklich ein Fabritius war, war er sehr viel Geld wert.

Ich habe keine Beweise für das alles, aber ich glaube, dass ein Mann namens Van Schoorl an dem Tag, als das Pulverhaus in Delft explodierte, das Gemälde in der Nähe von Fabritius' Haus gefunden und mitgenommen hat. Und ich glaube, dass er zwei Wochen später auf einem Schiff namens Arnhem ans Kap gekommen ist, um dort für die Vereinigte Ostindische Kompanie zu arbeiten. Und ich glaube, dass sein Sohn das Gemälde zwanzig Jahre später an einen von Juniors Vorfahren verkauft hat, einen van Reenen.«

Sie sagte, es gebe im Grunde nur eine Möglichkeit, um ganz sicherzugehen, dass es echt sei, und das sei, das Gemälde Fachleuten vorzustellen. Aber dazu seien sie nicht bereit, denn ihr Schwiegervater wohne hier im Dorf und sie habe versprochen, das Gemälde nicht vorzuzeigen.

Sie hatten dann im Internet recherchiert und seien auf die Website einer Gesellschaft namens Recover gestoßen und damit auch auf den Namen der Fachfrau für die niederländischen Maler jener Zeit: Alicia Lewis.

»Ich habe das Gemälde abfotografiert und das Bild an Alicia Lewis geschickt ...«

»Ohne mir ein Wort zu sagen«, fiel ihr Junior ins Wort.

»Das stimmt. Aber ich wollte kein Risiko eingehen. Ich wollte erst wissen, ob an der Geschichte etwas dran war, verstehen Sie? Also, jedenfalls habe ich der Frau ein Foto geschickt und gefragt, ob es sich möglicherweise um einen echten Fabritius handeln könne. Schon am selben Tag schrieb sie zurück und sagte, es könne sein und ob sie mich anrufen dürfe. Da dachte ich, o nein, Allmächtiger, jetzt verkündet sie der ganzen Welt, dass es hier einen Fabritius gibt, mein Schwiegervater bringt mich um, und ich sagte, nein, ich habe kein Telefon, wir können ja mailen. Ein paar Tage später hat sie mir dann mehrere Fotos von Rembrandt-Gemälden von Hendrickje Stoffels geschickt und mich gebeten, genau zu vergleichen, ob es sich eventuell um dieselbe Frau handeln könne. Ich habe die Bilder miteinander verglichen und festgestellt, dass es sehr gut möglich war. Ich schrieb Lewis, dass ich glaube, es sei die Frau, und daraufhin kam eine ellenlange Mail zurück: Sie wolle mir einen Vertrag schicken, wolle mich vertreten, ich sei es der Welt schuldig, das Gemälde auszustellen, und ob ich wisse, dass es über eine Milliarde Rand wert sei, falls es echt sei.

Da ist mir der Schreck in die Glieder gefahren. Und wie!«

Daraufhin habe sie sich schließlich mit der ganzen Sache an ihren Mann gewandt. Junior habe sie gefragt, was diese Lewis alles von ihnen wisse. Da sagte sie, nichts außer ihrer E-Mail-Adresse – Minnie43@web.co.za.

»Lass die Finger davon, Frau«, hatte Junior gesagt. »Pa wird uns enterben. Wir brauchen das Geld nicht, und wir brauchen auch nicht diese ganzen Scherereien. Und es wird Scherereien geben, das garantiere ich dir!«

Der Farmer beugte sich jetzt nach vorn und sagte: »Tja, aber es hat nichts genutzt, denn letzten November ist dieser komische Detektiv auf die Farm gekommen mit so einem Foto auf seinem Handy. Er wollte meinen Vater sprechen, aber ich sagte, mein Vater wohne im Dorf, und er fragte mich, ob ich über das Gemälde Bescheid wisse.«

»Es war das Foto, das ich Alicia Lewis geschickt hatte«, fuhr Minnie fort. »Aber vergrößert und ausgeschnitten, so dass man nur Hendrickjes Gesicht sehen konnte. Und ein Stück vom Cape.«

»Martin Fillis?«, fragte Cupido. »Hieß so der Detektiv?«

»Nein, er hieß anders ...«

»Billy de Palma.«

»Stimmt. De Palma. Und ich Schaf«, sagte Junior, »ich kann so schlecht lügen, dass ich längst aufgegeben habe, es zu versuchen. Ich sagte also, ja, ich hätte das Gemälde schon mal gesehen. Er fragte wo, und da kam ich zu mir und fragte ihn, warum er das wissen wolle. Er druckste herum, wollte es mir nicht verraten, und dann habe ich zu ihm gesagt, dann hätten wir ja wohl nichts miteinander zu schaffen. Und dann ist er wieder weggefahren.«

»Junior hat mir davon erzählt, und dann habe ich gesagt, Junior, lass uns das Bild im Gewehrschrank verstecken, sonst versucht am Ende noch jemand, unseren Fabritius zu stehlen. Also haben wir es im Gewehrschrank eingeschlossen. Mein Foto davon habe ich vergrößern und rahmen lassen, und dann haben wir das Bild wieder über das Bett gehängt, damit ich Hendrickje weiter anschauen konnte, denn sie und ich waren schon längst beste Freundinnen geworden.

Kaum hatten wir den Druck aufgehängt, da kamen wir sonntags aus der Kirche unten im Dorf vom Abendmahlgottesdienst, und als ich mein Handy einschaltete, hatte die Sicherheitsfirma uns benachrichtigt, dass die Alarmanlage im Haus angeschlagen hätte, wir sollten sofort kommen. Alles, was aus dem ganzen Haus gestohlen worden war, war das Foto von dem Fabritius von unserer Schlafzimmerwand und meine Perlen, die in dem Schmuckkästchen auf meinem Frisiertisch lagen, unter dem Gemälde, und zwei Einmachgläser mit Pfirsichen aus der Küche.«

»Und dann?«

»Dann habe ich eine stärkere, dickere Tür am Tresor anbringen lassen.«

NEUNZEHN

»Ich dachte, Sie hätten etwas von den gestohlenen Sachen wiedergefunden«, sagte Willem Vermeulen junior. »Deswegen habe ich sie vorhin gefragt, ob Sie Neuigkeiten hätten, wegen des Bildes. Denn als wir den Einbruch bei der Polizei angezeigt haben, haben wir nur gesagt, es wäre ein Bild von einer Frau in einem blauen Cape gestohlen worden, und damals glaubten wir, dass wir danach nie wieder von der Sache hören würden. Bis letzten Montag.«

»Gegen halb zwölf klopfte jemand an die Tür. Junior war draußen bei den Rebstöcken, und ich stand in der Küche und backte Plätzchen. Ich habe nachgesehen, und vor mir stand eine Frau, fein angezogen, und sie sagte auf Englisch: ›Guten Morgen, ich suche Willem Vermeulen‹, und ich sagte: ›Guten Tag, ich bin Minnie Vermeulen, was kann ich für Sie tun?‹ Da sah sie mich an und sagte: ›Minnie! Natürlich, Minnie! Wir hatten schon miteinander Kontakt, über E-Mail. Mein Name ist Alicia Lewis.‹«

»Und dann?«

»Ich habe sie hereingebeten und Willem im Weinberg holen lassen, denn ich hatte auf einmal Angst, richtige Angst, denn es war ja meine Schuld, dass es überhaupt so weit gekommen war. Ich hatte ihr das Foto und die E-Mail geschickt, und jetzt war sie hier. Sie fragte auch sofort, ob sie den Fabritius sehen könne, und ich sagte: ›Leider nein, ich habe schlechte Nachrichten, aber lassen Sie uns doch auf meinen Ehemann warten‹, und als er kam, sagte ich auf Afrikaans zu ihm, er müsse jetzt mit mir an einem Strang ziehen. Wir haben ihr also erzählt, das Gemälde sei gestohlen worden, sie könne sich bei der Polizei erkundigen, wir hätten den Diebstahl angezeigt.«

»Und dann?«

»Sie wollte es nicht glauben. Da zeigte ich ihr die Stelle im Schlafzimmer, wo es gehangen hatte. Sie fing an zu weinen, mitten in meinem Schlafzimmer fing sie an zu weinen. Ich musste sie trösten, und dabei fühlte ich mich sehr schlecht, denn schließlich weinte sie ja, weil ich sie angelogen hatte. Aber wir blieben jetzt dabei. Sie aß mit uns zusammen zu Mittag und fragte uns über das Gemälde aus, wie groß und wie schön es gewesen sei, und dann ist sie wieder abgefahren.«

»Um welche Uhrzeit war das?«

»Bestimmt so … Es war schon spät, sie ist lange geblieben, als wolle sie gar nicht wieder weg. Es muss so gegen halb vier gewesen sein, nicht wahr?«

Junior bestätigte das.

»Wann ist sie gestorben?«, fragte Minnie Vermeulen.

»Kurz danach«, antwortete Griessel.

»Ach du liebe Güte«, sagte Minnie und fing wieder an zu weinen.

...

Die Sonne ging bereits unter, als sie zurück nach Bellville fuhren. Griessel saß am Steuer. Er rief den schönen Willem Liebenberg an und erkundigte sich, wie es mit Martin Fillis voranging.

»Er sitzt noch hier. Sein Alibi für Montag scheint aber wasserdicht zu sein, Vaughn. Uncle Frankie überprüft noch ein paar Einzelheiten, aber Fillis war in seinem Büro. Sein Handy beweist es, eine Kamera am Empfang seines Gebäudes hat sein

Kommen und Gehen aufgezeichnet, und mindestens einer seiner Klienten hat ausgesagt, sie hätten gegen drei Uhr ein Meeting gehabt.«

»Verdammt ... Und wenn es ein Auftragsmord war, Willem?«

»Seine Telefonlisten des letzten Monats weisen nichts Verdächtiges auf, Vaughn. Wenn man allerdings weiter zurückgeht ...«

»Ja?«

»Philips System hat nur eine Auffälligkeit erbracht, und zwar eine Reihe von Telefonaten zwischen Fillis und einem Typen namens Rudewaan Ismael. Über vierunddreißig Telefonate, Anrufe und Rückrufe, mehrere Wochen lang. Nun hat dieser Ismael ein beeindruckendes Vorstrafenregister. Er ist schon siebenmal wegen Einbruch verhaftet worden, ein echter Profi.«

»Wann, Willem? Wann hat Fillis Kontakt mit Ismael gehabt?«

»Ich schaue mal nach.«

»November? Dezember?«

»Stimmt, Anfang Dezember. Sie haben mehrmals pro Tag miteinander gesprochen, und zwar bis zum vierzehnten Dezember.«

»Wissen wir, wo Ismael zuletzt gewohnt hat?«, fragte Cupido.

»Ja, in Mitchell's Plain.«

»Lasst ihn reinbringen, Willem. Unter dem Verdacht des Diebstahls eines Gemäldes auf einer Farm bei Villiersdorp.«

...

Griessel und Cupido schauten in dem Verhörzimmer vorbei, in dem Uncle Frankie Fillander und der schöne Willem Liebenberg noch immer Fillis befragten. Er saß nicht mehr auf seinem Stuhl, sondern tigerte im Zimmer hin und her. Er verfluchte sie und drohte damit, die Falken und überhaupt die ganze SAPD vor den Kadi zu zerren. Der Boden lag voller Zigarettenkippen, und es stank nach abgestandenem Qualm.

»Viel Spaß«, erwiderte Cupido. »Aber ich will dir jetzt mal etwas sagen, Billy Boy. Wir werden dich festnageln. Dein Kumpel Rudewaan Ismael ist unterwegs zu einer Stippvisite bei uns. Und er wird einen Deal mit uns machen, das verspreche ich dir.«

»Fick dich, Vaughn«, entgegnete Fillis, aber deutlich angespannt. »Ich will was zu essen, Wasser und Zigaretten. Ich sag jetzt kein Wort mehr.«

Sie gingen, verfolgt von Fillis' Flüchen.

Sie gingen in Cupidos Büro, um die Polizeidienststelle in Villiersdorp anzurufen und die Akten des Einbruchs anzufordern. Oder besser: der Einbrüche, denn auch bei Willem Vermeulen senior war jemand eingestiegen und hatte einiges mitgehen lassen.

...

Rudewaan Ismael war einundvierzig Jahre alt und klapperdürr, er hatte einen schmalen Oberlippenbart und eine äußerst höfliche und devote Haltung. Sie saßen mit ihm in Cupidos Büro, und er sagte: »Nein, meine Herren, diese Vorstrafen, diese Verurteilungen, das waren alles nur Missverständnisse, man hat mir Hehlerware untergeschoben, ich bin doch kein Dieb!«

»Schon siebenmal, *brother*?«, fragte Cupido.

»Schwer zu glauben, ich weiß, aber es ist wahr, meine Herren.«

»Meine Herren. Ziemlich altmodisch, *my broe'*.«

»So bin ich nun mal.«

»Rudewaan, Sie kennen doch Martin Fillis ...«

»Leider nein, da läutet bei mir kein Glöckchen.«

»Wir wissen, dass Sie ihn kennen, denn wir haben den Beweis für Ihre zahlreichen Telefongespräche im Dezember, und wir haben Fillis persönlich drüben im Verhörzimmer, und er singt wie ein Kanarienvogel. Er sagt, Sie hätten die Einbrüche verübt, nicht er. Er hätte Ihnen nur ins Ohr geflüstert, dass ...«

»Nein, mein Herr, daran kann ich mich nicht erinnern«, entgegnete Ismael, aber sein Blick wurde plötzlich unruhig.

»Die Sache ist die, Rudewaan, dass er dich für die Vergehen drankriegen will. Er will hier frei hinausspazieren, und du wanderst wieder in den Knast. Das ist doch ungerecht!«

»Aber es steht doch sein Wort gegen meines, mein Herr.«

»Stimmt nicht«, log Griessel. »Wir wissen, dass du bei den Einbrüchen Handschuhe anhattest, Rudewaan. Aber unser Erkennungsdienst hat Haare von dir am Tatort gefunden. Haare fallen immer aus, und jetzt werden wir einen DNA-Test durchführen, der dich eindeutig mit dem Tatort in Verbindung bringt. Wie gesagt, das bringt dich wieder hinter Gitter, und dank deiner Vorstrafen wirst du da eine Weile bleiben.«

»Oh ...«

»Hier ist der Deal, Rudewaan«, sagte Cupido. »Wir wollen gar nicht dich haben, sondern wir wollen diese Schlange von Fillis. Ich schwöre dir, dass du heute Abend als freier Mann hier rausgehst, wenn du uns die Wahrheit sagst. Ich bin dein Ticket raus aus dem Knast.«

»Oh ...«

»Letzte Chance, Rudewaan!«

»Diesmal wird dich der Richter ziemlich lange einsperren«, sagte Griessel.

»Würden mir die Herren den Deal schriftlich geben?«

»Du bist altmodisch, aber nicht blöd, was, Bruder?«

Ein kleines, nervöses Lächeln erschien unter dem Bärtchen. »Nein, mein Herr, blöd bin ich nicht.«

...

Rudewaan Ismael erzählte ihnen, dass Martin Fillis ihn vor acht Jahren, als er noch bei der Kripo am Caledonplein gearbeitet hatte, wegen Einbruch verhaftet hatte. »Aber er hat mich nicht festgenommen, sondern zu mir gesagt, dass er ab sofort fünfhundert Rand Schutzgeld pro Monat haben wolle.« Ismael hatte bezahlt, bis er eines Nachts in Durbanville auf frischer Tat ertappt wurde und ins Gefängnis musste.

»Und dann, Ende letzten Jahres, hat sich Fillis wieder an mich gewandt. Ich hatte ihn seit Jahren nicht gesehen. Er versprach, mir zehntausend Rand zu zahlen, wenn ich für ihn ein Gemälde von einer Farm in der Nähe von Villiersdorp stehlen würde.«

»Was für ein Gemälde?«

»Die Frau in Blau.«

»Wie bitte?«

»Die Frau in Blau. Das hat Fillis gesagt. Er hat mir ein Foto gezeigt und gesagt: ›Bring mir die Frau in Blau.‹«

Die beiden Fahnder blickten sich vielsagend an.

»Okay, erzähl weiter.«

»Ich habe mich also mit den Leuten unterhalten, die auf der Farm arbeiten, und habe dann festgestellt, dass die beste Zeit sonntags war, wenn sie in der Kirche waren. Ich bin also eingebrochen und habe im Schlafzimmer die Frau in Blau gefunden, die von dem Foto. Ich habe sie gestohlen, aber als ich sie Fillis brachte, fragte er, ob ich bescheuert wäre, das sei doch kein Gemälde, jeder Idiot könne sehen, dass es eine Fotografie sei. Da sagte ich, das war aber die einzige Frau in Blau in diesem ganzen Haus, und ich wolle mein Geld haben. Da sagte er: Dann muss sich das Gemälde im Haus des alten Mannes befinden, und ich fragte, welchen alten Mannes, und er sagte, egal, hier ist die Adresse.

Ich bin also wieder rausgefahren und habe alle Gemälde in diesem Haus gestohlen. Aber es war keine Frau in Blau dabei. Fillis hat mich bis jetzt noch nicht bezahlt. Ich haue also keinen Freund in die Pfanne, versteht ihr?«

...

Sie verhafteten Martin Fillis von Billy de Palma Privatermittlungen unter dem Verdacht der Beihilfe zum Einbruch, der Verschwörung und der Hehlerei. Sie setzten sich mit dem schönen Willem Liebenberg und Frankie Fillander zusammen und verhörten Fillis unbarmherzig bis nach Mitternacht. Sie wollten haarklein wissen, was er am Montag getan hatte. Dann studierten sie noch einmal seine Handydaten und Alibis, kriegten aber nichts weiter aus ihm heraus als Flüche, Vorwürfe und das Beharren darauf, seinen Anwalt anzurufen.

Sie steckten ihn über Nacht in eine Zelle und fuhren Sonntagnacht kurz nach eins nach Hause.

Vaughn Cupido war nach wie vor sicher, dass Fillis etwas mit dem Tod von Alicia Lewis zu tun hatte. Er wusste nur nicht, woher sie die Beweise nehmen sollten.

Bennie Griessel teilte den Verdacht seines Kollegen nicht. Er war entmutigt. Er wusste, dass sie in Wahrheit keinen einzigen Verdächtigen hatten.

ZWANZIG

Griessel stand schon gegen sieben Uhr wieder auf. Alexa und er saßen am Tisch in der großen Küche und tranken Kaffee. Er war noch ganz erfüllt vom Zauber des Gemäldes und den Ermittlungen, und er erzählte ihr von der Faszination des Fabritius-Werks und dessen unglaublicher Reise von einer durch eine Explosion zerstörten Kleinstadt in den Niederlanden vor 362 Jahren bis in den begehbaren Gewehrschrank eines Farmhauses in Villiersdorp an der Südspitze Afrikas. Ein Gemälde, das bis zu einer Milliarde Rand wert war, für dessen Besitzer jedoch die Würde und der Anstand eines betagten Farmers im Ruhestand wichtiger war als das Geld und der Ruhm.

Alexa hörte aufmerksam zu, wie immer. Ihr Gesicht strahlte vor Bewunderung für ihn, und sie berührte hin und wieder mitfühlend seine Hand, und er wusste, dass es Augenblicke wie diese waren, die ihn davon überzeugt hatten, sie heiraten zu wollen. Augenblicke, in denen sie ihm das Gefühl vermittelte, wertvoll, nützlich, wichtig und respektiert zu sein. Und geliebt.

Doch wie sollte er das Vaughn Cupido erklären?

Sie sagte, sie würde ihm ein leckeres Omelette mit Käse und Champignons zubereiten, doch er erwiderte, er müsse jetzt wieder ins Büro, habe es ein bisschen eilig und werde schnell ein paar Weet-Bix essen.

»Dann geh doch rasch unter die Dusche, und wenn du wieder rauskommst, ist das Omelette fertig.«

»Danke, Alexa«, sagte er und schickte im Stillen ein Stoßgebet zum Himmel, dass das Omelette einigermaßen essbar sein möchte.

Unter der Dusche hörte er sie hereinkommen. »Dein Handy klingelt andauernd.«

Er zog die Duschtür auf, und sie hielt schon sein Handtuch und sein Handy bereit.

»Wer hat angerufen?«

»Ich weiß nicht, aber es ist immer dieselbe Nummer.«

Er sah nach. Zwei verpasste Anrufe.

Er trocknete eine Hand ab, sagte »Danke, Alexa«

und rief, noch splitterfasernackt, die Nummer zurück.

»Hallo, Willie hier«, meldete sich gleich darauf eine Stimme.

»Mein Name ist Bennie Griessel. Sie haben mich angerufen.«

»Oh, ja, sind Sie der Captain von den Falken? Der den Fall der gebleichten Leiche untersucht?« Der Mann klang aufgeregt.

»Ja, der bin ich.«

»Ich glaube, ich habe ein Foto von dem Mörder.«

Griessel seufzte. Bei jeder Untersuchung gab es die Scherzbolde und die Verrückten, die Einsamen, die Schlaumeier und die Wichtigtuer, die mit Vorschlägen, Lösungen, Kritik und Theorien bei ihnen anriefen.

»Woher haben Sie meine Nummer?«

»Das ist ein bisschen kompliziert. Ich habe sie von Ihrem Erkennungsdienst. Ich habe zuerst bei der Polizei in Grabouw angerufen, und dort hat man mir die Nummer von Ihren Kriminaltechnikern gegeben, und dann hat ein Typ namens Arnold gesagt, ich solle mit Ihnen reden.«

»Was ist mit dem Foto?« Griessel war sich jetzt sicher, dass es sich zumindest um einen Arnold-Scherz handelte.

»Also, ich arbeite für den Cape Leopard Trust, und ich wohne eigentlich in Bettiesbaai, aber wir haben fast fünfzig Kameras von den Groot Winterhoekbergen bei Porterville bis hier am Kogelberg aufgestellt. Wir zeichnen die Wege der Leoparden auf. Wenn ein Tier zwischen dem Sensor und der Kamera hindurchläuft, wird der Strahl unterbrochen und ein Foto ausgelöst. Wir erforschen die Anzahl und die Wanderungsbewegungen der Leoparden und ...«

»Verstehe«, sagte Griessel und vermutete erstmals, dass es sich womöglich doch nicht um einen Scherz handelte.

»Nach dem Regen gestern hatte ich ein paar Schwierigkeiten, die völlig verschlammten Bergwege zu passieren, deswegen war ich spät dran. Als ich die Kamera am Groenlandberg erreichte, war es schon dunkel. Ich habe dann nur die Speicherkarte ausgetauscht und bin wieder nach Hause gefahren. Als ich mir dann heute Morgen die Fotos angesehen habe, waren darauf Aufnahmen von einem Leoparden, einem Toyota, einem VW, einer Menge Polizei und einem Kleinbus mit der Aufschrift SAPD Provincial Crime Scene Investigation Unit. Daraufhin habe ich die Polizei in Grabouw angerufen, und die haben mir gesagt, sie hätten an der Stelle gestern das Auto gefunden von dieser Frau, der gebleichten Leiche.«

»Das stimmt.«

»Ja, und ich habe ein Foto von dem Mann, der das Auto dorthin gefahren hat. Es ist auf Montagabend kurz nach elf datiert.«

...

Griessel fragte den Mann, wo er jetzt sei, und er sagte, er sei zu Hause in Bettiesbaai, aber er werde die Originalspeicherkarte mit dem Foto bei ihnen vorbeibringen, weil er nicht wolle, »dass sie wegkommt oder so«.

Bennie dankte ihm und zog sich eilig an, während er Alexa erklärte, dass er jetzt keine Zeit habe, das Omelette zu essen. Stattdessen packte sie ihm ein paar Müslikekse in eine Tüte und steckte sie ihm in die Jackentasche, während er Vaughn Cupido anrief.

Sein Kollege sagte seelenruhig: »Wir haben ihn, Benna, heute werden wir diese Schmeißfliege von Fillis festnageln. Das schwöre ich dir.«

Griessel aß die Müslikekse, die Alexa bei Woolworths Food kaufte, trocken im Auto und traf als Erster an der Dienststelle ein. Cupido kam zehn Minuten später. Ungeduldig standen sie draußen auf der Treppe des DPMO-Gebäudes und warteten auf Willie Bruwer, Leopardenforscher.

»Du hättest dem Typen sagen sollen, dass er dir das Foto mailt«, meinte Cupido.

»Ja, aber er wollte es uns unbedingt vorbeibringen«, erwiderte Griessel. »Ich glaube, dass er irgendwie ein bisschen Teil von dem Ganzen sein möchte.«

»Seine Viertelstunde Ruhm.«

Sie warteten fünfzehn Minuten, dann kam der Landcruiser mit quietschenden Reifen um die Ecke der Voortrekkerstraat, zog eine weite U-Kurve und blieb vor ihnen stehen. Bruwer war noch jung, Griessel schätzte ihn nicht älter als vierundzwanzig, und er trug die khakifarbene und grüne Kleidung eines Rangers. Er winkte ihnen zu, stieg aus, schlug die Fahrzeugtür zu und kam mit einer schwarzen Laptoptasche auf sie zu.

Er stellte sich vor, sie schüttelten sich die Hände, Cupido bat ihn herein, und in dem verlassenen Foyer der Falken, auf den Empfangstresen, an dem wochentags Mabel saß, startete Bruwer den Laptop, schob die Speicherkarte hinein und rief die Fotos auf. Erst kam das Leopardenweibchen, dann der graue Toyota.

Das Gesicht des Fahrers war nicht deutlich zu erkennen, aber klar genug, um ihn eindeutig identifizieren zu können.

»Das gibt's doch nicht!«, stieß Vaughn Cupido hervor. »Ich glaub das einfach nicht!«

...

Um 10:24 Uhr blieben sie vor dem Rolltor der Schonenberg-Seniorenresidenz stehen. Beide stiegen aus, zückten ihre Dienstausweise und zeigten sie dem Torwächter. »Wir möchten zu Professor Marius Wilke. Öffnen Sie das Tor, und sagen Sie ihm nicht Bescheid, dass wir kommen.«

»Der Professor ist in der Kirche«, erwiderte die Wache.

Sie waren enttäuscht; sie waren begierig darauf gewesen, ihn zur Rede zu stellen.

»Ist das hier die einzige Zufahrt?«

»Ja.«

»Wann kommt er wieder?«

»So gegen halb zwölf, falls sie nicht anschließend essen gehen. Manchmal gehen sie sonntags noch im Wasserstone's essen.«

»Was heißt ›sie‹?«

»Der Professor und der Hulk.«

»Wer ist der Hulk?«

»Der Fahrer des Professors. Er fährt nicht mehr

selbst. – Bertie«, fügte der Wächter abfällig hinzu und tippte sich dabei an die Schläfe, »ist nicht ganz richtig im Kopf.«

...

Sie erteilten dem Torwächter genaue Instruktionen und fuhren dann hinein zum Haus von Marius Wilke.

»Ich bin ein Idiot«, stellte Griessel fest, während sie die Straße beobachteten.

»Wieso, Benna?«

»Wilke hat gesagt, er führe nicht mehr selbst. Ich hätte ihn fragen sollen, wie er zum Hotel gekommen ist, zu seinem Frühstück mit Lewis.«

»Ach, Benna, es gibt doch heutzutage so viele Möglichkeiten. Uber, Taxis, öffentliche Verkehrsmittel ...«

Griessel schüttelte den Kopf. »Nein, das passt irgendwie alles nicht zu ihm.«

»Na schön, dann waren wir eben beide Idioten.«

Um 11:37 Uhr rief die Wache an. »Sie sind gerade durchgekommen.«

...

Weniger als eine Minute später sahen sie den VW Caddy um die Kurve biegen. Sie stiegen aus und warteten auf das Fahrzeug. Es blieb mitten auf der Straße stehen, fünfzig Meter von ihnen entfernt. Sie erkannten den schneeweißen Haarschopf des Professors und, am Steuer, eine vierschrötige Gestalt.

Der Caddy blieb im Leerlauf stehen, die Türen geschlossen. Sie gingen darauf zu und sahen, wie Wilke redete und gestikulierte. Der Hüne saß still daneben. Cupido zog seine Dienstwaffe und hielt sie seitlich bereit. Griessel tat es ihm nach. Sie gingen schneller.

Die Beifahrertür wurde geöffnet. Wilke stieg aus. »Mein lieber Vaughn«, sagte er, doch sein Lächeln wirkte gezwungen.

Cupido hob die Pistole und zielte auf den kräftigen Mann am Steuer. »Sagen Sie ihm, er soll den Motor ausschalten, Professor. Sofort!«

Wilke sagte etwas ins Fahrzeug hinein, was, konnten sie nicht verstehen. Sie rannten los. Griessel war dem Fahrer am nächsten, und er sah, dass die Augen des Mannes wild zwischen ihnen und dem Professor hin und her huschten. Er rief: »Schalten Sie den Motor aus, oder ich schieße!« Er sah die Furcht in den Augen des Mannes und wusste, dass er jeden Moment reagieren würde.

»Bertie, tu, was sie sagen!« Marius Wilkes hohe

Entenstimme übertönte alles mit ihrem scharfen Befehl.

Bertie schaltete den Motor des Caddys aus und hob langsam die Hände.

...

In der Polizeidienststelle von Somerset-West zeigten sie Professor Marius Wilke das Foto, auf dem er am Steuer von Alicia Lewis' gemietetem Toyota saß. Er betrachtete es, seufzte tief und sagte: »Es war ein Unfall. Ich schwöre Ihnen, es war ein Unfall. Sie ist gestürzt. Die Brücke über dem Theewaterskloofdam hinunter. Es war ein Unfall. Aber ich wusste, dass niemand uns glauben würde. Ich hab's gewusst.«

Sie zeichneten das Verhör mit Videokamera und mit ihren Handys auf. Er sagte: »Mein lieber Bennie, ich habe Ihnen nicht die ganze Wahrheit erzählt.«

Ein Bruchstück der Wahrheit hatte er jedoch durchaus mit ihnen geteilt: Er hatte Recherchen über das Gemälde durchgeführt und den Hinweis von Thibault, dem wunderbaren, ehrbaren, klugen und vielseitigen Thibault, auf das Gemälde gefunden. Das Gemälde sei Teil des Kaps, Teil des historischen Erbes, das dieses Land durchziehe. Er habe den Stammbaum von Gysbert van Reenen für Alicia Lewis erstellt, von demjenigen an, der das Gemälde gekauft habe, bis hin zu Willem Vermeulen junior. Leute vom Kap. Südafrikaner. Teil dieser Gegend. Dieses Landes. Was wiederum bedeute, dass das Gemälde südafrikanisch sei, der Fabritius sei tief am Kap verwurzelt. In Südafrika.

Sie müssten doch verstehen, dass irgendjemand das Erbe bewahren müsse. Den Leuten heutzutage sei es egal; niemand schere sich noch um Geschichte und Kultur, nicht mal mehr um die Erhaltung des Afrikaans. Alle jagten nur noch Reichtum und Ruhm hinterher, er habe es gesehen, sein Leben lang, wie Geschichte und historische Gegenstände vernachlässigt und beschädigt wurden, wie das Afrikaans verwässert und verhunzt wurde. Man müsse sich nur mal ansehen, wie in den letzten zwei Jahren auf den Universitätscampus Kunstwerke verbrannt und Statuen gestürzt worden seien, alles im Namen der Dekolonisation, unter dem Motto »Rhodes must fall« und anderer sinnloser Kampagnen. »Wir können doch unsere Geschichte nicht verleugnen? Wir können sie doch nicht verändern? Verstehen die Menschen das nicht? Wir müssen wissen, woher wir kommen, bevor wir erkennen, wer wir sind und wohin wir gehen.«

So redete Marius Wilke in einer Tour, ein konstanter Strom von Worten, Leidenschaft und Flehen in seinen Augen und seiner hohen dünnen Stimme. Er erzählte ihnen, er habe versucht, die neun Personen selbst ausfindig zu machen, sei aber nur langsam vorangekommen.

Dann habe er erneut von Alicia Lewis gehört, erst vor kurzem. Sie habe ihm gesagt, sie komme ans Kap, und er habe ihr doch damals versprochen, ihr ein Buch zu schenken. Da wusste er, dass sie das Gemälde gefunden hatte. Und er witterte seine Chance. Er frühstückte mit ihr und brachte ihr sein bestes Buch mit in der Hoffnung, sie würde dadurch die Geschichte des Kaps verstehen und irgendwie würdigen. So dass sie auch für sein Plädoyer ein wenig empfänglicher wäre. Denn in dem Hotel hatte er sie an jenem Morgen angefleht: Lassen Sie nicht zu, dass die Gier triumphiert. Bringen Sie das Gemälde nicht außer Landes. Lassen Sie es hier. Machen Sie es bekannt, aber helfen Sie dabei, es hierzulassen.

Sie hatte ihn ausgelacht, das Buch genommen und war gegangen.

EINUNDZWANZIG

Er war zu Bertie ins Auto gestiegen, hatte ihn angewiesen, vor dem Hotel auf sie zu warten und ihr dann zu folgen.

Lewis war in Richtung Franschhoek gefahren, dann über den Franschhoekpass in Richtung Theewaterskloof und weiter nach Villiersdorp. Sie hatte den Ort durchquert und war dann weitergefahren zur Eden Farm, zu Willem und Minnie Vermeulen.

Vermeulen war einer der Namen auf der Liste, die Wilke Lewis damals geschickt hatte. Willem Vermeulen.

Da wusste er, dass das Gemälde dort war. Und dass sie gekommen war, um es zu holen.

Bertie und er warteten, und als Lewis am späten Nachmittag wieder wegfuhr, wollte er nur einmal einen Blick auf das Gemälde werfen. Ja, er wollte es so gerne sehen, denn es wäre möglicherweise das einzige Mal in seinem Leben, dass er dieses Privileg haben würde, schließlich war er schon ein alter Mann. Und immerhin hatte er es aufgespürt, er hatte doch alles Recht dazu.

Nun gut, nun gut, er wollte das Gemälde sehen und ein letztes Mal versuchen, Alicia Lewis zu überreden, es nicht außer Landes zu bringen. Er hatte geglaubt, sie überreden zu können; mithilfe seines Intellekts, seiner Logik und seines geradlinigen Denkens hatte er schon oft Menschen überzeugt, und sie war doch eine intelligente Frau.

Griessel und Cupido hatten im Lauf ihrer Karriere schon Hunderte Geständnisse gehört, aber noch nie eines, das mit so viel Leidenschaft vorgetragen wurde. Die Stimme von Marius Wilke wurde immer eindringlicher und emotionaler. Seine kleine Gestalt wankte und schwankte bei jeder Enthüllung; das Gesicht, die Augen, alles vereinte sich zu einem verbissenen, frenetischen Versuch, sie davon zu überzeugen, dass dies die Wahrheit sei.

Er hatte Bertie angewiesen, ihren Toyota zu überholen und ihr den Weg abzuschneiden, um sie zum Anhalten zu zwingen.

Auf der Brücke über dem Theewaterskloofdam gelang es ihnen. Alicia Lewis sprang aus dem Mietwagen und schrie aufgebracht: »Was fällt Ihnen ein, was fällt Ihnen ein?« Er versuchte, sie zu beruhigen, ihr alles zu erklären, doch sie drohte mit der Polizei und war vernünftigen Argumenten nicht mehr zugänglich. Er sagte, er wolle nur das Gemälde sehen, mehr verlange er nicht. »Verpiss dich, du kleiner Gnom!«, schrie sie.

Da verlor er die Beherrschung. Denn sie war ein Luder. Er kannte sich aus mit Ludern, schon seit seiner Kindheit. Luder, die ihn, seine kleine Gestalt und seinen scharfen Verstand verachteten. Die ihn einen Freak nannten, einen Zwerg, und deswegen verlor er die Beherrschung. Dabei waren es doch seine Leidenschaft, seine Lebensaufgabe und seine Liebe zur Geschichte, die ihn dazu gebracht hatten, sie anzuhalten. Und jetzt beschimpfte sie ihn? Ihn? Der ihr dabei geholfen hatte, das Gemälde zu finden?

Seine Rache, seine Erwiderung auf ihre rüpelhaften Worte war nicht Gewalt. Nein, so war er nicht. Alles, was er in seiner aufbrandenden Wut tun wollte, war, sich sein Buch wiederzuholen. Dasjenige, was er ihr an jenem Morgen beim Frühstück signiert und geschenkt hatte.

Er ging zu ihrem Auto, riss die Tür auf und griff nach ihrer Handtasche. Darin war das Buch.

Sie schrie und fluchte, griff nach einem Henkel

der Tasche und zog. Er zog am anderen Henkel. Er war klein, alt und schwach, sie viel stärker, größer, jünger, schwerer. Er erkannte, dass es sinnlos war.

Da beging er den großen Fehler und ließ den Henkel der Tasche los. Ganz plötzlich.

Sie verlor das Gleichgewicht. Und sie fiel über das Geländer der Brücke.

Sie hörten den übelkeiterregenden Schlag, als sie auftraf.

...

Durch den Schock stand er stocksteif da. Er hörte Bertie, den lieben, lieben Bertie, jammern wie ein Kind. Obwohl starr vor Schreck, arbeitete sein Kopf, Bertie jammerte, und dann erkannte er, dass er jetzt seinen Intellekt benutzen musste, um sie beide zu beschützen. Mithilfe seiner Logik und seines Argumentationsvermögens. Aber vor allem musste er Bertie schützen, denn Bertie war wie ein Kind, Bertie konnte nicht zur Rechenschaft gezogen werden. Bertie war der Sohn seiner früheren Nachbarin, als er noch in Stellenbosch gewohnt hatte. Vor vielen Jahren war Bertie mit dem Motorrad gefallen und hatte einen Hirnschaden erlitten. Bertie hatte danach weiter bei seiner Mutter gewohnt, und sie hatte ihn versorgt. Doch dann starb seine Mutter, und Bertie hatte niemanden mehr, und da hatte er, Marius Wilke, sich Berties angenommen und ihm Arbeit gegeben. Komm zu mir, Bertie, ich kann nicht mehr selbst fahren. Er gab Bertie seine Würde zurück. Man war doch kein schlechter Mensch, wenn man so etwas tat?

Starr vor Schreck stand er oben auf der Brücke über dem See, doch dann riss er sich zusammen und sagte: »Still, Bertie. Es war ein Unfall.«

Er dachte über alles nach. Dachte darüber nach, wie es aussehen würde. Schließlich hatten sie Alicia Lewis verfolgt. Wie Verbrecher. Sie hatten sie von der Straße gedrängt. Das würde sehr schlecht aussehen. Niemand würde ihm glauben. Er würde einen Plan schmieden müssen, um Bertie zu beschützen, im Grunde nur, um Bertie zu beschützen.

Er entwickelte eine Strategie.

In der Dämmerung stiegen sie auf einem schmalen Weg hinunter, um ihre Leiche zu holen, die dort unter der Brücke auf dem ausgetrockneten Boden lag. »Die Dürre ist daran schuld, dass sie gestorben ist, vor zwei Jahren wäre sie ins Wasser gefallen, die Dürre ist schuld.«

Sie hatten ihre Leiche in den Kofferraum des Toyotas geladen, und er hatte Bertie nach Grabouw geschickt, um Bleichmittel zu kaufen, soviel er bekommen konnte, aber nicht mehr als je zwei Flaschen in jedem Geschäft. Und dazu Flaschen mit Wasser, Putzlappen und einen Eimer. Denn er war belesen, er war informiert, er schaute sich immer die Krimis im Fernsehen an, er wusste über die Wirkung von Bleichmittel auf DNA-Spuren Bescheid.

Er hatte auch ihr Handy aus der Handtasche genommen und am Betonpfeiler der Brücke kaputt geschlagen, denn er kannte sich auch mit Handys aus und was sie alles verraten konnten.

Dort hatte er gewartet und gewacht, bis Bertie zurückkehrte.

Er war mit ihrem Auto vorausgefahren. Er hatte einen kleinen Farmweg gesucht und den gefunden, auf dem er mit der Leopardenkamera fotografiert wurde. Er war stocksteif und so angespannt, dass er nicht gemerkt hatte, wie das Foto geschossen wurde.

Bertie war ihm gefolgt. Sie hatten den Mietwagen gewaschen, die Leiche nackt ausgezogen, sie gewaschen und anschließend wieder in den Kofferraum gelegt. Sie hatten ihre Handtasche, ihre Kleider und die Autoschlüssel mitgenommen, dazu alle leeren Bleichmittelbehälter, Wasserflaschen und

Lappen. Stück für Stück hatten sie alles aus dem Caddy geworfen, an der Straße entlang, alle fünf bis sechs Kilometer. Bertie hatte ihn zu Hause in Somerset-West abgesetzt.

Als er in den Nachrichten von der toten Frau oben am Pass erfuhr, rief er Bertie an und fragte ihn, was er um Himmels Willen getan habe.

Da sagte Bertie: »Sie hat im Dunkeln gelegen, Prof. Das ist doch nicht richtig, jemanden so im Dunkeln liegen zu lassen.«

Bertie war sie holen gegangen und hatte sie oben am Pass auf die Mauer gelegt.

ZWEIUNDZWANZIG

Am Dienstag rief die Bank bei Bennie Griessel an, kurz vor dem Mittagessen.

Die Frau war sehr freundlich. »Sie stehen ja jetzt überall in der Zeitung«, sagte sie. »Sie sind richtig berühmt!«

Er fand keine passende Antwort.

»Warum haben Sie denn nicht gesagt, dass Sie bei den Falken sind?«

Dabei stand es doch auf dem Antrag der Bank: DPMO. Aber niemand wusste, dass das die Falken waren. Wieder sagte Griessel nichts.

»Natürlich gewähren wir Ihnen gerne den Kredit, Bennie. Ich darf doch Bennie sagen? Kommen Sie vorbei, wenn Sie Zeit haben, dann unterzeichnen wir den Antrag. Wir würden auch gerne ein paar Fotos mit Ihnen machen, wenn es Ihnen recht ist. Wann würde es Ihnen passen?«

Er schüttelte nur den Kopf. Jetzt hatte er etwas, was sie haben wollten.

Nachbemerkung

Warum ist dieses Buch so dünn?

Ich weiß, dass vor allem Bennie-Griessel-Fans diese Frage stellen werden, und zwar mit Recht. Denn die meisten meiner Bücher sind über dreihundert Seiten lang.

Hier ist die Antwort: 2015 wurde ich eingeladen, das Geschenkbuch für die *Spannende Boekeweek 2017* in den Niederlanden zu schreiben.

Das Format des Geschenkbuchs ist eine Novelle von etwa sechsundzwanzigtausend Wörtern, und die Ehre, sie zu verfassen, nimmt man natürlich dankend an. Dann wagt man sich zitternd vor Angst an das unbekannte, kürzere Format, denn schließlich tritt man damit in die respekteinflößenden Fußstapfen seiner literarischen Helden: Frederick Forsyth, Stephen King, Dick Francis, James Ellroy, Henning Mankell, Nicci French und Ian Rankin, um nur einige wenige zu nennen.

Die *Spannende Boekenweek* ist eines der Projekte der *Stichting Collectieve Propaganda van het Nederlandse Boek* (CPNB), einer verdienstvollen Organisation, die ausschließlich darauf abzielt, Bücher in den Niederlanden zu fördern und zu vermarkten. Jedes Jahr stehen dabei für eine Woche im Juni Spannungsromane im Mittelpunkt. Gibt man während dieser Zeit in einem teilnehmenden niederländischen Buchladen 12,50 Euro oder mehr aus, erhält man das Geschenkbuch gratis.

Für einen Autor ist dies eine außerordentliche Chance, denn von dem Geschenkbuch werden mehrere hunderttausend Exemplare gedruckt. Er tourt zwei Wochen lang kreuz und quer durch die Niederlande, und sein Werk erhält eine wesentlich breiter gefächerte Aufmerksamkeit als normalerweise.

Darüber hinaus erlebt man auch den einzigartigen Prozess der Einladung und des Aufnahmerituals (alles unter größter Geheimhaltung) und anschließend die Teilnahme an den Vorbereitungs- und Bekanntmachungsprogrammen. Dabei kommt man in den Genuss, mit wunderbaren Menschen zusammenzuarbeiten – ein unbeschreibliches Privileg.

Doch inmitten all der Aufregung wurde mir klar,

dass Bennie in meiner Geschichte einen großen Schritt in der Beziehung zu seiner Freundin Alexa Barnard zu gehen bereit ist, und gerade deswegen wollte ich, dass nicht nur das niederländische Publikum diese Geschichte lesen sollte.

Und nun halten Sie das Ergebnis in der Hand.

Und deswegen ist das Buch so dünn. (Aber immerhin ist diese Ausgabe umfangreicher als das niederländische Exemplar. Beispielsweise war darin kein Platz für die Verfolgungsjagd auf dem Mountainbike ...)

Deon Meyer
Stellenbosch, August 2017

LESEPROBE

GREG ILES
DIE SÜNDEN VON NATCHEZ

THRILLER

KAPITEL 2

Ich fahre mit Tempo hundertvierzig durch das Louisiana-Delta. Eine Urfinsternis liegt über dem Land wie ein Leichentuch. Meine Scheinwerfer bohren einen Tunnel in die Nacht, lösen einen Wirbel leuchtender Augen aus: aufgeschreckte Hirsche, Opossums, Füchse, Waschbären und die eine oder andere Kuh, die sich nah bei einem Zaun ausruht. Der gepanzerte Yukon unseres Leibwächters folgt uns im Abstand von hundertfünfzig Metern, weit genug weg, um mir während der hundert Meilen Heimfahrt vom Gefängnis, in dem mein Vater festgehalten wird, eine Migräne zu ersparen, aber so nah, dass Tim Weathers eingreifen könnte, falls es nötig sein sollte. Ab und zu gibt es einen donnernden Schlag, wenn ich um eine Kurve rase und über den zerbrochenen Panzer eines toten Gürteltiers fahre, und doch schläft meine Tochter Annie neben mir weiter, eine Hand leicht auf meinen Unterarm gelegt.

Im Rückspiegel schwebt ein weiteres Engelsgesicht in mein Blickfeld. Durch den verschwommenen Schleier meiner Müdigkeit nehme ich es erst als Caitlins Gesicht wahr, aber es gehört Mia Burke, Annies zwanzigjähriger Betreuerin. Mias Augen sind geschlossen, ihr Mund steht ein wenig offen, und säuselnde kleine Schnarcher dringen zwischen ihren Lippen hervor. Die Erschöpfung hat die beiden Mädchen ruhiggestellt, trotz Schlaglöchern und überfahrenen Tieren, die Erschöpfung, die durch das Brummen des Motors und das Zischen unserer Reifen verstärkt wird, dazu durch die Stimme von Levon Helm And The Band, die »The Weight« singen, die Live-Version aus dem Album *The Last Waltz*.

Während Pops und Mavis Staples in Harmonie zu singen beginnen wie dunkle Engel, die vom Himmel herabschweben, überkommt mich beinahe so etwas wie Friede. Wie viel Seele und Selbstbewusstsein muss ein Weißer haben, um vor solchen Engeln als Lead-Singer aufzutreten? Levon ist ein Junge vom Land, aus Arkansas, so klapperdürr und zäh wie die Schweinehunde, die Caitlin umgebracht haben, und doch singt er irgendwie mit der verletzten Menschlichkeit eines Mannes ohne Stammeszugehörigkeit, eines Mannes, der Liebe und Schmerz erfahren hat und begreift, dass das eine der Preis für das andere ist.

Ich wünschte, ich glaubte an Gott, dann könnte ich ihm die Schuld an Caitlins Ermordung geben. Aber als Mann ohne Glauben bleibt mir nur, alles meinem Vater anzulasten. Meine Mutter meint, Caitlin hätte ihren Tod selbst auf sich gebracht und hätte das auch dann getan, wenn mein Vater nicht vorher unser aller Leben völlig auf den Kopf gestellt hätte. Ich habe nicht die Kraft zu widersprechen. Mom will einfach nur, dass ich Dad zumindest genug verzeihe, um ihn im Gefängnis zu besuchen. Aber dazu kann ich mich nicht durchringen. Also sitze ich draußen im Auto oder gehe in ein Wendy's Restaurant ein wenig die Straße hinunter, während Mom und Annie im Gefängnis ihre Rituale durchlaufen und Mia sich um Annie kümmert, solange Mom Zeit allein mit Dad verbringt.

Meistens sitze ich nur da und denke über die Kette von Ereignissen nach, die mich hierhergebracht hat. Es stimmt, dass Caitlin sich von ihrem Ehrgeiz an einen verfluchten Ort hat locken lassen, zu dem sie niemals allein hätte gehen sollen. Aber hätte mein Vater nicht die Wahrheit darüber verschwiegen, was sich in der Nacht von Viola Turners Tod ereignet hat, wäre Caitlin nie so besessen von Henry Sextons Mission gewesen und hätte auch seine Fackel nicht weitergetragen, nachdem er sein Martyrium auf sich genommen hatte, um uns zu retten. Sie wäre auch nicht der blutigen Spur zu dem Knochenbaum gefolgt.

Dann würde sie heute noch leben.

Wir würden zusammen mit Annie im Haus Edelweiß wohnen, unserem Traumhaus mit Blick auf den Fluss, und wir wären auf dem besten Weg, Annie einen Bruder zu schenken. Der Gedanke verfolgt mich wahrscheinlich mehr, als er sollte. In der Nacht, bevor Caitlin umgebracht wurde, haben wir uns zum ersten und letzten Mal in diesem Haus geliebt: ein verzweifelter Versuch ihrerseits, mich nach einer Konfrontation mit einem korrupten Sheriff zu beruhigen. Ich hatte damals keine Ahnung, dass Caitlin schwanger war. Das hat mir später Forrest Knox erzählt, um mich zu quälen, und die Autopsie hat seine Enthüllung bestätigt. Hätte ich das Verderben geahnt, auf das wir in jener letzten Nacht zurasten, dann hätte ich die Tür von Haus Edelweiß abgeschlossen und Caitlin festgehalten, bis ... bis was? Irgendwie spüre ich, dass Caitlin trotzdem gestorben wäre, ganz gleich, was ich in jener Nacht getan hätte, und Annie und ich wären trotzdem hier gelandet. Und das ist ... wo?

In der Verlorenheit.

Walking wounded.

Wenn jemand, den man liebt, ermordet wird, dann findet man einiges über sich selbst heraus, das man um alles in der Welt lieber nicht wüsste. Wenn man die Person umbringt, die einem dieses Leben geraubt hat, dann entdeckt man, dass Rache nicht einmal annähernd die Leere ausfüllen kann, die dieser Mord hinterlassen hat. Nichts kann das fertigbringen, außer Jahre des Lebens, und dann nur, wenn man großes Glück hat. Annie und ich haben das beim ersten Mal gelernt, als der Krebs uns ihre Mutter nahm.

Caitlin war unser Glücksfall.

Vor neun Wochen hat uns dieses Glück verlassen. Caitlins Ermordung hat uns wie eine Granate aus einem heiteren blauen Himmel getroffen. Und das Erste, was diese Art von Granate zersprengt, ist die Zeit. Tag und Nacht verlieren ihren Sinn. Das Verstreichen von Augenblicken und Stunden kommt ins Wanken. Zifferblätter lösen Verwirrung, sogar Panik aus. In der Halbwelt des Trauerns beginnt sich der Sinn für unser Selbstsein aufzulösen.

Meine Arbeit hat so sehr darunter gelitten, dass alle im Rathaus sich inzwischen verschworen haben, so zu tun, als funktionierte ich. Es fällt mir schwer, das zuzugeben, aber wenn ich ehrlich bin, stimmt etwas nicht mit mir. Mein Bezug zur Wirklichkeit ist schwächer, als er sein dürfte. Meine Selbstbeherrschung ist so sehr ausgehöhlt, dass ich an meinem Verstand zu zweifeln beginne. Aber wenn man bedenkt, was ich alles durchgemacht habe ... dann ist das vielleicht eine ganz normale, vernünftige Reaktion. Vielleicht die einzig mögliche. Denn meine Familie ist implodiert.

Meine Mutter wohnt in einem Motel in der Nähe der Bundesstrafanstalt in Pollock, Louisiana, wo mein Vater vom FBI festgehalten wird. Ich musste Annie aus der Schule nehmen, und nur Mia Burkes selbstloser Einsatz hat verhindert, dass Schmerz und Todesangst sie völlig gelähmt haben. Mia hat auch viel dazu beigetragen, dass ich noch mit dem Kopf über Wasser bin. Das ist ihr gegenüber unfair, aber sie hat es freiwillig gemacht, und, ehrlich gesagt, ich habe sonst niemanden, auf den ich mich stützen könnte.

Mein Mobiltelefon piepst unter der Musik. Es liegt auf der Seite neben der Handbremse des Audi. Ich halte das Lenkrad mit dem linken Knie fest, strecke die linke Hand über meinen Schoß, um die Nachricht anzuschauen, ohne Annie zu stören.

Da steht: *Alles okay? Nicht müde?*

Die SMS ist von Tim Weathers, unserem Leibwächter für heute Nacht, der in seinem Yukon hinter uns herfährt. Eigentlich gehört das Auto nicht Tim. Es ist Eigentum der Firma Vulcan Asset Management aus Dallas, für die er arbeitet.

Alles gut, tippe ich. *Mädchen schlafen.*

Brauchen sie, antwortet er.

Außer Caitlins Tod ist es wohl das, woran ich mich am schwersten gewöhne. Wir leben von Leibwächtern umgeben. Totale Sicherheitsüberwachung, vierundzwanzig Stunden am Tag. Und nicht etwa die riesigen Bodyguards, die man in der Nähe von Pop-Divas und Profisportlern sieht, sondern ehemalige Soldaten aus Sondereinheiten wie mein Freund Daniel Kelly, der nun schon seit Monaten in Afghanistan vermisst ist. Männer, die etwas vom Personenschutz verstehen und die Fertigkeiten, die Selbstbeherrschung und die Erfahrung haben, diese Aufgabe richtig zu erfüllen.

Die Kosten für einen solchen Schutz sind erdrückend. In den letzten beinahe zweieinhalb Monaten haben mir Sicherheitsfirmen über hunderttausend Dollar in Rechnung gestellt. Aber ich sehe keine Alternative. Es ist so, als stellte man einen Pflegedienst für bettlägerige Eltern ein: Bis man es tatsächlich machen muss, hat man keine Ahnung, was diese andauernde Aufmerksamkeit tatsächlich kostet. Zu meiner Erleichterung hat Caitlins Vater die Hälfte jeder Rechnung übernommen. Er hat angeboten, alles zu zahlen, aber in mir ist noch ein bisschen Stolz geblieben. Lange kann ich mir diese Ausgaben nicht mehr leisten, aber jedes Mal, wenn ich mich frage, ob wir vielleicht unsere Wachsamkeit ein wenig lockern und diesem Geldfluss ein wenig Einhalt gebieten könnten, klingen mir John Masters' Worte in den Ohren: »*Penn, wenn dir oder Annie etwas zustoßen würde, würde Caitlin mir das niemals verzeihen. Ich weiß, meine Tochter ist tot, aber ich weiß auch, dass meine Verpflichtungen ihr gegenüber niemals enden werden. Also stell du die Besten ein und schick mir die Rechnungen. Mir ist verdammt egal, wie viel das kostet. Du hast den Neffen von Snake Knox getötet. Und bis Snake, dieser Hurensohn, mit Einbalsamierungsflüssigkeit vollgepumpt wird, sollst du leben wie der Präsident der Vereinigten Staaten. Ich habe es nicht geschafft, meine Tochter zu schützen, und ich kann mich kaum im Spiegel anschauen. Mach du nicht mit deiner Tochter denselben Fehler.*«

Das habe ich nicht vor.

Also leben wir seither mit mindestens einem Leibwächter – manchmal mit dreien –, der vierundzwanzig Stunden am Tag nur wenige Schritte von uns entfernt ist. Heute hatten wir während unserer wöchentlichen Fahrt zum Gefängnis von Pollock und zurück nur Tim bei uns, einen ehemaligen SEAL aus Tennessee. Tim ist für Annie so etwas wie ein Lieblingsonkel geworden und ein Bruder für Mia und mich. Wie immer hat Annie zuerst ihre Großmutter besucht und dann ihren Großvater, während Mia die Straße entlangspaziert ist und bei Wendy's mit mir einen Cheeseburger gegessen hat.

Weitere leuchtende Augen blitzen auf den leeren Feldern hinter dem Randstreifen der Straße auf. Diese Fahrt ist wie eine nächtliche Tour durch ein riesiges Wildreservat, eine Südstaatensafari, umsäumt vom schwefeligen, über Meilen anhaltenden Gestank des Abwehrsekrets eines Stinktiers. Die hellen Kreise, die in der Dunkelheit aufflammen, durchlaufen das gesamte Farbspektrum: gelb für die Waschbären, grün für das Rotwild, rot für Füchse und Opossums, blau für den gelegentlichen Kojoten. Das Land scheint von leuchtenden Geistern bevölkert zu sein, und doch ist die Erklärung einfach genug. Das *tapetum lucidum*, die Schicht von Kristallen hinter all diesen Netzhäuten, hat sich entwickelt, um die Nachtsicht der Tiere zu verbessern, indem sie das Licht durch das Auge reflektiert, damit es zweimal und nicht nur einmal genutzt wird. Aber wie die Fernsehscheinwerfer, die mich immer geblendet haben, wenn ich in der Walls Unit in Huntsville ankam, um bei einer Hinrichtung als Zeuge anwesend zu sein, macht das strahlende Gleißen der Scheinwerfer meines Audi dieses Resultat der Evolution nutzlos, weil all diese empfindlichen Augen mit einem Schlag blind werden ...

»Daddy?« Annies Hand drückt sanft meinen rechten Arm. »Ich muss Pipi machen.«

Meine Tochter ist elf Jahre alt, aber wenn sie im Halbschlaf spricht, klingt ihre Stimme noch genauso wie damals, als sie drei oder vier war.

Vor uns sind keine Lichter zu sehen, nur Schwärze. Aber mein Gehirn geht rasch die Datei mit den Haltepunkten in dieser beinahe menschenverlassenen Landschaft durch. »Ich glaube, in etwa acht Minuten kommt eine Tankstelle. Kannst du so lange warten?«

»Mh. Vergiss es aber nicht und fahr nicht vorbei.«

Hinter mir sagt eine Stimme: »Ich unterstütze den Antrag.«

Ich schaue in den Rückspiegel und sehe Mia, die mich mit einem schiefen Lächeln anblickt.

»Hunger habe ich auch«, fügt sie hinzu. »Bis ich wieder zur Uni gehe, bin ich wahrscheinlich völlig in die Breite gegangen.«

Mia muss müde sein, denn sie würde niemals erwähnen, dass sie uns möglicherweise verlassen könnte – jedenfalls nicht in Hörweite von Annie –, wenn auch der Tag des Abschieds unvermeidlich näher rückt. Mias bloße Anwesenheit ist schon ein Wunder, ein Zeugnis einer Großzügigkeit, die ich kaum fassen kann. Vor zwei Jahren, als sie an meiner alten Schule eine Überfliegerin in der High School war, hat sich Mia einen Sommer lang um Annie gekümmert, und dann während des Schuljahres an Nachmittagen, wenn ich arbeiten musste. Sie war die perfekte Babysitterin: ein schlaues, lebhaftes Mädchen aus einer Familie in bescheidenen Verhältnissen, das für Dinge arbeiten musste, die seine Klassenkameraden für selbstverständlich hielten. Ihr Schwung und ihre praktische Art übertrugen sich jeden Tag auf Annie, und ich war dankbar dafür.

Später in diesem Jahr ertrank eine von Mias Klassenkameradinnen in einem nahegelegenen Bach, und einer meiner Kindheitsfreunde wurde beschuldigt, sie getötet zu haben. Mia war an der Lösung dieses Mordfalls beteiligt, und zur Belohnung half ihr mein dankbarer Freund – ein Arzt –, etwas zu erreichen, was jenseits ihrer Mittel gelegen hatte, ganz gleich, wie hart sie dafür gearbeitet hätte: Er zahlte ihre Studiengebühren für das College ihrer Wahl – Harvard.

Es war purer Zufall, dass Mia auf dem Heimweg in die Weihnachtsferien war, als Caitlin getötet wurde. Sobald sie die Nachricht gehört hatte, kam sie zu uns und tat alles, was in ihrer Macht stand, um Annie zu trösten, die bereits wieder dabei war, in den lähmenden, überängstlichen Zustand zu verfallen wie nach dem Tod ihrer Mutter in Houston. Innerhalb einer Woche entwickelte Annie eine besorgniserregende Abhängigkeit von Mia. Ich wusste nicht, wie ich verhindern sollte, dass sie völlig die Fassung verlor, wenn Mia nach Massachusetts zurückkehren musste. Zu meiner Verblüffung setzte sich Mia jedoch drei Tage vor ihrer geplanten Abreise mit mir zusammen und erklärte mir, sie habe beschlossen, ein Semester freizunehmen, um Annie dabei zu helfen, »wieder normal zu werden«.

Ich habe natürlich Einwände erhoben, aber nicht allzu heftig und nicht allzu lange. Mia sagte mir, sie sei eingeteilt gewesen, ein Semester lang an einer archäologischen Ausgrabung in Yucatán teilzunehmen, sie werde also kein echtes Semester verpassen. Zu diesem Zeitpunkt hatte meine Mutter bereits beschlossen, in die Nähe von Dads Gefängnis zu ziehen, und das entschied die Sache.

»Da ist ein Licht«, sagt Mia. »Da links.«

Sie hat recht. Was ich als einsame Tankstelle in Erinnerung habe, steht etwa eine Meile von uns entfernt am Rand von flachen Feldern wie eine Richtfunkstation in der Wüste. Ich ziehe mein Handy hervor und gebe die Kurzwahl für Tim hinter uns sein.

»Was gibt's?«, fragt er.

»Wir biegen bei der Tankstelle von der Straße ab. Die Mädels brauchen eine Toilette.«

»Lass mich vorher erst näher kommen.«

»Okay.«

Diese Art von taktischen Gesprächen ist uns in den letzten Wochen zur zweiten Natur geworden. Nach sechzig Sekunden erreichen wir die Abzweigung. Tim ist direkt hinter uns, als ich auf den Kiesplatz bei der Betonplatte poltere, auf dem die alte Tankstelle steht.

Ich parke auf dem ölbefleckten Beton unter dem durchhängenden Vordach, das die Zapfsäulen überdeckt. Tim hält hinter uns. Sobald er aus dem Yukon aussteigt, springt Annie aus dem Wagen und rennt in die Tankstelle. Tim folgt ihr, und Mia und ich gehen hinter ihnen her.

Seit wir beim Gefängnis losgefahren sind, ist die Temperatur um zehn Grad gesunken. In der Tankstelle riecht es nach überhitztem Kaffee, altem Fett und Desinfektionsmittel. Eine einsame Angestellte hat Nachtschicht, eine ältere Frau mit Haarnetz. Sie steht hinter einer fettverschmierten Vitrine, in der einige Reste von Brathähnchen und Kartoffelkroketten liegen. Während Annie auf der Toilette ist, mustere ich das jämmerliche Angebot im Snack-Regal, frage dann die Frau, ob sie frischen Kaffee hat. Sie erwidert, sie würde eine neue Kanne kochen.

»Wo ist Ihre Herrentoilette?«

»Draußen. Wenn Sie rauskommen, gleich rechts.«

Tim will mir nach draußen folgen, aber ich bitte ihn, bei den Mädchen zu bleiben. Er nickt und sagt mir, ich solle die Augen aufhalten.

Die Dunkelheit draußen duftet schwach nach Unkrautvernichtungsmittel. Ich hatte das auf meinem kurzen Gang in die Tankstelle nicht bemerkt. Es ist noch zu früh für das Sprühen; vielleicht mischt ein Bauer irgendwo in der Nähe seine Chemikalien zusammen. Der Geruch katapultiert mich in meine Kindheit zurück. Wenn ich als Junge auf den Feldern meines Großvaters unterwegs war, rannte ich immer unter den Flugzeugen umher und fuchtelte freudig mit den Armen, dachte nicht einmal im Traum daran, dass diese Wolken in meinem Blut und in meinen Knochen Krebs verursachen könnten.

Auch die Herrentoilette beschwört in mir die Kindheit herauf. Eine schrankgroße Kabine, kalt wie eine Tiefkühltruhe, und doch stinkt sie nach menschlichen Exkrementen und Reinigungschemikalien, ein schwerer Gestank mit einer beißenden Note, die einem im Hals brannte, wenn man sich dort zu lange aufhielt.

Ich schiebe den windigen Riegel in ein Loch im Türrahmen, stelle mich vor das hohe Wandpissoir, ziehe den Reißverschluss meiner Hose herunter und pisse gegen das fleckige Porzellan. Wie viele Male habe ich diese Fahrt zwischen Natchez und dem Gefängnis wohl schon gemacht?, überlege ich. Zweieinhalb Monate, einmal, manchmal zweimal in der Woche. Neunmal, tippe ich, und jedes Mal habe ich allein draußen gewartet, während Mom und Annie sich im Besuchszimmer mit Dad trafen.

Ich mache meine Hose zu und hebe die Hand, um abzuziehen, entscheide mich dann doch, den rostigen Griff lieber nicht anzufassen. Als ich mich zur Tür wende, höre ich draußen auf dem Weg einen Schuh knirschen. Wahrscheinlich ist es Tim, doch aus einem unerfindlichen Grund lässt mich dieses Geräusch in der Bewegung erstarren.

Zehn Sekunden vergehen ... dann zwanzig.

Habe ich mir das eingebildet? Frauengelächter dringt durch die Wand hinter mir. *Die Mädels sind noch immer in der Tankstelle. Wenn sie noch da drin sind, ist Tim bei ihnen.*

Wessen Schritte habe ich also gehört?

Ich ziehe mein Handy aus der inneren Manteltasche. Ich beginne, bei Tim anzurufen, höre dann aber auf. Wahrscheinlich leide ich unter Verfolgungswahn, aber ich will ihn nicht in einen Hinterhalt locken. Ich nehme das Telefon in die linke Hand, kauere mich hin, raffe das linke Hosenbein hoch und ziehe meinen Smith & Wesson Airweight .38 aus dem Fußholster, das ich seit Dezember trage. Dann drücke ich mich mit dem Rücken gegen das Pissoir.

Stücke sind vom hölzernen Kolben des Revolvers abgesplittert, weil ich damit gegen den Grabstein von Forrest Knox gehämmert habe. Nur mit dem linken Daumen schreibe ich an Tim: »Habe was vor dem Klo gehört. Mögl Bedrohg. Bleib drinnen mit den Mädels. Bin eingesperrt.«

Als ich »Senden« drücke, bewegt sich die Klinke der Toilettentür einmal, dann nicht mehr.

Meine Hand umklammert die Pistole fester.

Dann wird die Tür gegen den Riegel gedrückt, als prüfte jemand den Widerstand.

»Moment!«, rufe ich, wie das jeder in einer normalen Situation machen würde. »Bin so gut wie fertig.«

Keine Antwort.

Mit dem linken Daumen schreibe ich an Tim: *Polizei holen.*

Aus der unheilschwangeren Stille ertönt nun eine gedämpfte Stimme, kaum hörbar durch die dünne Metalltür: »Ich habe eine Nachricht für Sie, Herr Bürgermeister. Kommen Sie raus.«

Großer Gott!

Mit zitternder Hand schreibe ich: *Bedrohg echt!*

»Eine Nachricht von wem?«, frage ich.

»Sie wissen schon. Jetzt kommen Sie raus und hören sich an, was ich zu sagen habe. Wenn Sie weiter da drin rummachen, kommt Ihre Tochter irgendwann aus der Tankstelle, und dann wird es ganz schnell sehr ungemütlich. Also schütteln Sie Ihren Schwanz trocken und kommen raus.«

Das da draußen ist auf keinen Fall Snake, denke ich, als ich noch überlege, ob er es sein könnte. John Kaiser ist fest davon überzeugt, dass der alte Doppeladler sich ins Ausland abgesetzt hat. Aber wenn es nicht Snake ist … wer ist es dann? Und wer immer es ist, ist er allein?

»Kommen Sie, Cage? Oder wollen Sie, dass Ihr kleines Mädchen die Nachricht bekommt?«

Mir trocknet der Speichel im Mund ein. Ein seltsamer Zwang drängt mich, die Tür aufzumachen, doch irgendwo in meinem Hirn brennt die Gewissheit, dass ich in dem Augenblick, wo ich mich zeige, erschossen werde.

Mein Herz machte einen Sprung, als das Telefon in meiner Hand piepst.

Hilfstrupp unterwegs, lautet Tims Antwort. *Ich komme. Bleib, wo du bist, es sei denn, du hörst Schüsse. Wenn du rauskommst, schieße, wie ich es dir beigebracht habe.*

Lass die Mädels nicht allein!, denke ich, aber ehe ich diese Worte tippen kann, ruckelt der Mann draußen an der Tür, rappelt dann immer heftiger daran. Eine halbe Sekunde lang überlege ich, ob ich durch die Tür schießen soll.

Wen würde ich umbringen? Was ist, wenn der Typ nicht bewaffnet ist?

Jedenfalls kann ich nicht hier stehen bleiben, während Tim sein Leben riskiert, um mein Kind zu beschützen.

Ich bewege mich neben die Tür, greife mit der linken Hand nach dem Riegel. Doch ehe meine Finger das Metall berühren, kracht die Tür auf, macht meinen Arm taub bis zum Ellbogen.

Ich sehe niemanden.

Dann nimmt eine undeutliche Gestalt ein paar Schritte von der Tür entfernt Konturen an, ein weißes T-Shirt im Mantel der Dunkelheit. Niemand ist mehr überrascht als ich selbst, als mein rechter Zeigefinger den Abzug des .38er drückt. Donnernde Stöße explodieren durch die gekachelte Kabine, und ein kahler Schädel taucht auf, als meine menschliche Zielscheibe auf die Löcher in Bauch und Brust starrt.

Plötzlich erfasst mich die ekelerregende Gewissheit, dass ich irgendeinen arglosen LKW-Fahrer erschossen habe, der zu schwerhörig war, um mich sagen zu hören, dass die Toilette besetzt ist.

Dann fällt der Mann auf den Rücken.

Ein Bein seiner Jeans rutscht, während er fällt, die halbe Wade hoch, und der Horngriff eines Bowie-Messers, das in seinem Motorradstiefel steckt, taucht auf. Dann blitzt in seiner Linken metallisches Nickel auf – eine Pistole. Ich schiebe mich langsam zur Toilettentür vor, den .38er noch immer fest umschlossen, spähe nach draußen, schaue nach links und rechts.

Nichts.

Ich stürze vor, trete dem am Boden liegenden Mann die Pistole aus der Hand, zucke dann zurück wie vor einer angeschossenen Klapperschlange, von der ich beinahe erwarte, dass sie mich noch im Todeszucken beißt. Das schmerzverzerrte Gesicht des Mannes lässt darauf schließen, dass er noch lebt.

»*Verdammt noch mal*!«, ruft links jemand.

Als ich beim Klang dieser Stimme herumwirbele, richtet ein Fremder von der Ecke der Tankstelle eine Pistole auf mich. Ehe ich auf ihn zielen kann, erschallt ein Schuss. Der Fremde wankt, greift dann nach der Mauer, um das Gleichgewicht zu halten.

»Keine Bewegung!«, ruft eine Stimme mit militärischer Autorität.